LE NOËL DE L'ASSASSIN

LES ENQUÊTES DE L'INSPECTEUR HIGGINS

Déjà parus

1. Le Crime de la momie
2. L'Assassin de la Tour de Londres
3. Les Trois Crimes de Noël
4. Le Profil de l'assassin
5. Meurtre sur invitation
6. Crime Academy
7. L'Énigme du pendu
8. Mourir pour Léonard
9. Qui a tué l'astrologue ?
10. Le Crime de Confucius
11. Le Secret des Mac Gordon
12. L'Assassin du pôle Nord
13. La Disparue de Cambridge
14. La Vengeance d'Anubis
15. L'Assassinat de Don Juan
16. Crime dans la Vallée des Rois
17. Un assassin au Touquet
18. Le Crime du sphinx
19. Le Tueur du vendredi 13
20. Justice est faite
21. Assassinat chez les druides
22. La Malédiction de Toutânkhamon
23. L'École du crime
24. Le Démon de Kensington
25. L'Aiguille de Cléopâtre
26. Brexit oblige
27. Crime sur le lac Léman
28. Comédien, assassin ?
29. Sauvez la reine !
30. L'Énigme XXL
31. Le Marchand de sable
32. Jack l'Éventreur : le retour
33. Un crime pour l'éternité
34. Les Sept Merveilles du crime
35. Crime niçois
36. L'Empreinte carbone
37. Que le diable l'emporte !
38. L'Ennemi invisible
39. Le Monstre du loch Ness
40. Le Crime d'une nuit d'été
41. Le Masque de l'assassin
42. Le Noël de l'assassin
43. Drones, les ailes du crime
44. La Couronne du crime
45. Crime bordelais
46. La Messe de l'assassin
47. L'Assassin augmenté
48. Le Mystère de la chambre noire
49. Les Larmes d'Isis
50. La Dame à la licorne

À paraître en janvier 2024

51. Crime connecté

CHRISTIAN JACQ

LE NOËL DE L'ASSASSIN

LES ENQUÊTES DE L'INSPECTEUR HIGGINS

XO EDITIONS
J ÉDITIONS

www.inspecteurhiggins.com
www.xoeditions.com

ISBN : 978-2-37448-619-2

En 1997, sous le pseudonyme de J.B. Livingstone, j'ai publié une première version de cette enquête, intitulée Crime à Oxford, *aujourd'hui obsolète. Voici la seule version autorisée.*

« Dieux bons ! Nous avons aujourd'hui
une grande pénurie de citoyens de cette espèce :
un homme d'antique vertu et d'honnêteté !
Que je suis content, quand je m'aperçois qu'il reste
encore des survivances de cette espèce ! »

Térence, *Les Adelphes*,
acte III, scène 3

L'Égypte menant à tout, j'ai eu la chance, lors d'un séjour de recherche au British Museum, de rencontrer un personnage extraordinaire. Aimant se faire appeler Higgins, en dépit de ses titres de noblesse, cet inspecteur de Scotland Yard avait été chargé d'un grand nombre d'enquêtes spéciales, particulièrement complexes ou « sensibles ».

Entre nous, le courant est immédiatement passé. D'une vaste culture, Higgins m'a accordé un privilège rare en m'invitant dans sa demeure familiale, une superbe propriété au cœur de la campagne anglaise. Et il m'a montré un trésor : ses carnets relatant les affaires qu'il avait résolues.

J'ai vécu des heures passionnantes en l'écoutant et obtenu un second privilège : écrire le déroulement de ces enquêtes criminelles, fertiles en mystères et en rebondissements.

Voici l'une d'entre elles.

— 1 —

Il neigeait sur Oxford.

Trois jours avant Christmas, les collèges de la vieille cité universitaire étaient endormis. Profitant de la période de vacances, la plupart des étudiants étaient rentrés dans leurs familles.

Et la neige, tombant avec lenteur et régularité, accentuait la sensation de torpeur, comme si les pierres de la cité, lassées d'avoir entendu trop de cours magistraux depuis le Moyen Âge, se terraient dans un silence que personne ne viendrait plus troubler.

L'assassin avait bien choisi son moment. D'autres auraient agi dans la foule, mais lui avait choisi cette période de fêtes qu'appréciait tant le bon peuple. En songeant aux réjouissances, les plus méfiants baissaient la garde.

Thomas Duke n'avait aucune chance. Le piège que lui avait tendu l'assassin était si parfait que sa future victime n'en sortirait pas vivante.

Par la fenêtre d'une pièce confortable et correctement chauffée, l'assassin regarda tomber la neige. Il aimait ce linceul blanc qui évoquait si bien la mort.

Thomas Duke avait la réputation d'être un homme ponctuel. Malgré le mauvais temps, il n'y faillit pas.

À l'heure prévue, Duke pénétra dans le collège déserté. Conformément aux instructions, il avait évité l'entrée principale pour emprunter l'accès des fournisseurs dont l'assassin lui avait ouvert la porte. Précaution superfétatoire car, à cette heure-là et ce jour-là, ne restait dans le collège que le vieux gardien qui dormait dans sa chambrette.

Ajouter une atmosphère mystérieuse à son crime amusait l'assassin. Le rigoriste Thomas Duke serait un peu plus déstabilisé. L'avoir amené jusqu'ici était déjà un exploit.

L'assassin était étrangement calme, comme si la situation ne le concernait pas, comme si quelqu'un d'autre allait agir à sa place. Il n'éprouvait aucune angoisse, et sa détermination était sans faille.

Respectant les consignes, Duke ne frappa pas. Pour franchir aussi vite la distance entre l'entrée du collège et cette chambre, il avait dû courir.

De fait, il était essoufflé.

Engoncé dans un épais manteau de laine marron, il apostropha son hôte avec agressivité.

— Allez-vous enfin m'expliquer ce que tout cela signifie ?

— Bien sûr, bien sûr ! Mais il fait très froid. Vous devriez ôter votre manteau, et je vous offrirais un whisky pour vous réchauffer.

— Remettons les mondanités à plus tard. Je vous écoute.

— Vous allez tout comprendre. Auparavant, j'exige une garantie.

— Une garantie, s'étonna Thomas Duke. De quel ordre ?

— Vous êtes un homme de parole, dit-on.

— Je tiens beaucoup à cette réputation.

— Jurez-moi sur la Bible que vous n'avez parlé de ce rendez-vous à personne.

L'assassin présenta à son hôte une vieille édition de la Bible en latin.

Duke plaqua sa main droite sur le volume.

— Je vous le jure.

L'assassin sourit et posa la bible sur le bureau.

— Me voilà rassuré. Ce que nous avons à nous dire doit rester secret. Tout bavardage pourrait nous être fatal.

— Je ne vous suis pas du tout ! Je suis venu chercher des explications et j'espère que vous parviendrez à justifier votre attitude.

— Soyez sans crainte.

— Alors… Expliquez-vous !

— Pour que vous compreniez ce qui a motivé ma démarche, je dois vous montrer un document qui vous surprendra.

— Eh bien, faites.

— Je vais le chercher.

— N'est-il pas ici ?

— Si, mais bien caché. Vous comprenez pourquoi…

— Montrez-moi ce document !

— Un instant, je vous prie.

L'assassin disparut dans le cabinet de toilette. Le regard de Thomas Duke fut attiré par la neige qui tombait, il s'avança vers la fenêtre. Comme Oxford était beau, même recouvert de ce manteau blanc ! Chaque collège avait ses traditions et son génie propres. Duke ne quittait jamais sa ville qui, chaque jour, le rendait un peu plus heureux.

Il n'entendit pas l'assassin qui sortit du cabinet de toilette en chaussettes et s'approcha de lui avec la rapidité d'un félin.

Tenant dans la main droite un bronze représentant le buste de l'empereur Auguste, il frappa Thomas Duke à la nuque avec une violence inouïe, et s'acharna jusqu'à ce qu'il fût certain de sa mort.

Puis il quitta la chambre en emportant l'empereur Auguste.

— 2 —

Depuis que la neige avait recouvert le village de The Slaughterers, dans le Gloucestershire, l'ex-inspecteur-chef Higgins n'avait plus une seconde à lui : il fallait au plus vite aider les oiseaux à se nourrir, donc accrocher aux branches des chênes centenaires de petits abris en bois contenant du beurre véritable fabriqué par la ferme voisine et des graines adéquates, sans oublier les bols d'eau. Les mésanges avaient été les premières à profiter de l'aubaine, suivies par les chardonnerets, puis par les autres espèces composant la gent ailée de la forêt.

Quitte à se rompre le cou, Higgins avait choisi les meilleurs emplacements et s'occuperait, dès que nécessaire, de renouveler les provisions. Ce n'était pas son chat siamois, Trafalgar, qui viendrait importuner les oiseaux. Il ne quittait plus le coin du feu, près duquel il digérait paisiblement des repas gastronomiques.

Plutôt trapu, de taille moyenne, les cheveux noirs, les tempes grisonnantes, la lèvre supérieure ornée d'une moustache poivre et sel taillée à la perfection, l'œil vif et parfois malicieux, Higgins avait pris une retraite anticipée et s'était retiré dans son domaine familial, loin du monde et du bruit. On lui promettait pourtant une brillante carrière, mais l'ex-inspecteur-chef s'était opposé au grand patron de Scotland Yard en refusant un compromis qu'il jugeait inacceptable. Higgins, en effet, respectait une ligne de conduite désuète où des valeurs périmées, telles que l'amitié, la rectitude, la loyauté ou le sens de la parole donnée, occupaient le premier rang.

Si Higgins avait quitté le Yard, le Yard ne l'avait pas quitté et faisait parfois appel à lui pour des affaires particulièrement « sensibles » qui risquaient de déboucher sur un scandale et de ternir l'honneur de personnalités ou le blason de la police de Sa Majesté.

Au moins, l'avant-veille de Christmas, Higgins ne risquait pas d'être importuné. Chacun pensait à la fête, et l'on préparait avec ardeur les Christmas puddings sans lesquels un Noël anglais n'aurait eu aucune signification.

L'hiver était splendide, la température idéale, et la neige embellissait la forêt toute proche. Dès que possible, en compagnie de Geb, son chien noir haut sur pattes et aux yeux pétillants d'intelligence, l'ex-inspecteur-chef irait rendre visite à un vieil ami, un sanglier solitaire auquel il apportait du ragoût de carottes.

Sa dernière maison à oiseaux accrochée, sous le regard attentif de Geb qui adorait se rouler dans la neige, Higgins contempla sa demeure au toit d'ardoise, aux murs de pierre blanche, aux fenêtres XVIIIe à petits carreaux rythmant deux étages disposés selon le nombre d'or, aux cheminées de pierre qui se dressaient vers le ciel.

Il faisait vraiment bon vivre loin de l'agitation de la ville et des turpitudes humaines. L'ex-inspecteur-chef prenait enfin le temps de soigner ses rosiers, de relire les bons auteurs et d'écouter ses musiciens préférés, Purcell, Bach, Haendel et Mozart.

En posant doucement sa patte sur le bras de Higgins, Geb lui fit comprendre qu'il était temps de regagner le manoir pour ne pas être en retard au déjeuner, sous peine de mécontenter Mary.

Mary, la gouvernante, âgée de soixante-dix ans depuis toujours. Bon pied bon œil, elle avait traversé guerres mondiales, crises économiques et scandales politiques sans contracter le moindre rhume. Croyant en Dieu et en l'Angleterre, elle était un fantastique cordon bleu qui mijotait des plats savoureux sur sa cuisinière à bois, avec des ustensiles traditionnels. Devenue adepte de la révolution numérique, équipée d'un matériel de dernière génération, Mary lisait sur sa tablette son journal préféré, *The Sun*, tabloïd friand de sensations fortes et d'informations crapoteuses.

Vêtue d'une élégante robe mauve que recouvrait partiellement un tablier d'une blancheur immaculée, la gouvernante observa, du haut du perron, le retour du chien et de Higgins.

— J'espère que vous ne vous êtes pas blessé. Sinon, je devrai encore jouer à l'infirmière. Il faut vraiment tout faire, dans cette maison !

Lorsque les circonstances étaient délicates, l'ex-inspecteur-chef évitait de rétorquer et de provoquer un conflit.

— Avez-vous au moins accroché toutes les petites maisons en bois ?

— Il n'en reste plus que deux à suspendre, et les oiseaux seront bien nourris. Si nécessaire, j'en fabriquerai d'autres.

— Pour une fois que vous vous rendez utile ! Bon, dépêchez-vous de vous arranger. Mon repas n'attendra pas.

Soudain, Mary fixa le grand portail.

— Manquait plus que ça ! Retournez-vous.

Higgins s'exécuta.

Devant la grille, une vieille Bentley qui était arrivée presque sans bruit, à cause du manteau neigeux recouvrant la petite route aboutissant au manoir.

Un véhicule que Higgins connaissait bien : celui du superintendant de première classe Scott Marlow.

— 3 —

— Ne vous transformez pas en bonhomme de neige, recommanda Mary, et allez ouvrir.

Geb courut devant Higgins qui libéra le passage à la vieille Bentley, ravie de goûter l'air de la campagne et de se reposer à l'abri des chênes centenaires.

La mine défaite, le superintendant Marlow descendit du vénérable véhicule. Bien qu'il fût affublé d'un imperméable froissé, d'un costume mal taillé et de chaussures banales, Scott Marlow était un excellent policier qui pratiquait son métier comme un sacerdoce. Il avait fait sa religion des buts assignés à Scotland Yard en 1822 : protéger la vie et la propriété, préserver la tranquillité publique et lutter contre le crime.

Marlow ne ménageait pas ses efforts et ne comptait pas ses heures pour remplir les lourdes responsabilités qui pesaient sur ses épaules. Adepte de la police scientifique qui, de son point de vue, mettrait un jour fin à toute possibilité de crime parfait, il ne manquait pas, néanmoins, de consulter Higgins dans certaines circonstances critiques.

— La situation est grave, déclara-t-il. Pardonnez-moi de vous importuner à une date pareille, mais votre avis me serait précieux. Hélas, les assassins ne respectent même plus la période des fêtes. Un crime abominable, perpétré avec une incroyable sauvagerie.

— Si nous en parlions autour du déjeuner préparé par Mary ?

★

Le menu avait de quoi séduire : terrine à l'armagnac, dinde de Norfolk avec haricots verts et pommes de terre cuites au four, fromage aux noix des montagnes suisses et pudding du Yorkshire. Un bourgogne charpenté et long en bouche soulignerait la qualité des mets.

Marlow était mal à l'aise. Conscient que, pour une raison majeure, il ne réussirait pas à obtenir le concours de Higgins, il tenait néanmoins à tenter sa chance. Une chance sur mille.

— La victime est une haute personnalité de la culture, révéla-t-il. Elle n'a pas seulement été tuée, mais massacrée.

Se croyant cachés sous la table de la salle à manger, le chien et le chat, qui avaient bénéficié d'une gamelle de fête, guettaient les suppléments illégaux que leur distribuait Higgins, Mary feignant de ne rien voir.

Marlow joua une carte non négligeable, mais qui ne suffirait certainement pas.

— J'ai fait appel à Babkocks.

— Excellente initiative, approuva Higgins.

Bien que ses méthodes fussent parfois peu orthodoxes, Babkocks était le meilleur médecin légiste du royaume, et ses conclusions étaient incontestables.

— Dans quel domaine travaillait cette personnalité de la culture ?

Marlow parut extrêmement gêné.

— C'était... une sorte d'universitaire.

— De quelle université ?

On atteignait le seuil critique.

— Higgins, ne le prenez pas mal !

— C'est Oxford, n'est-ce pas ?

Devant un ancien de Cambridge comme Higgins, le nom de l'établissement « des autres » devait à peine être prononcé, sauf quand les rameurs d'Oxford étaient battus par ceux de Cambridge lors de la compétition d'aviron la plus célèbre du monde.

Ultime et très mince espoir de Marlow : un réflexe professionnel de Higgins, qui ne manqua pas de se produire.

— Quel est le nom de la victime ?

— Thomas Duke.

— Thomas Duke, répéta Higgins, intrigué.

— Vous le connaissiez ?

— Je l'ai rencontré, en effet, mais en terrain neutre.

— Que voulez-vous dire ?

— Des esprits bizarres ont fondé en 1817 l'United Oxford and Cambridge University Club, que ses familiers appellent Oxbridge. Ce club rassemble des personnalités des deux universités, qui tentent d'atténuer certaines frictions. Je ne l'ai pas fréquenté longtemps, mais je dois admettre que Duke était un homme sympathique, large d'esprit et tout à fait honorable. Nous nous sommes même livrés à un petit jeu en récitant des répliques de Sophocle. Assassiner un érudit de cette qualité est une offense à l'humanité.

Mary apparut, visiblement mécontente.

— Qu'est-ce que j'apprends sur la Toile ? On vient d'assassiner un ponte d'Oxford, et vous restez là, les deux pieds dans le même sabot ! J'accepte de vous servir un dessert, et même un cognac. Ensuite, au travail ! Vous n'allez quand même pas laisser salir la réputation d'une telle institution ! À force de vous traîner dans la boue criminelle, que cette fois ça serve au moins à quelque chose.

— 4 —

Pendant que Mary préparait ses valises, Higgins avait expliqué au chien et au chat que son absence serait la plus brève possible.

La neige continuait à tomber, mais la vieille Bentley du superintendant avançait avec une belle constance et se comportait beaucoup mieux que nombre de prétentieuses voitures modernes qui finissaient dans le fossé dès leur première glissade.

À l'ouest, la Tamise. À l'est, la Cherwell. Et puis Oxford, ce n'était rien d'autre qu'Ox-Ford, le « gué aux bœufs », ce que révélait d'ailleurs l'écusson de la cité, notamment visible sur la médiocre façade de l'hôtel de ville. Les armoiries de l'université se voulaient plus nobles, puisqu'on y voyait un livre avec l'inscription *Dominus illuminatio mea*, « le Seigneur est ma lumière ». Quantité d'esprits lucides avaient noté que le livre était toujours ouvert à la même page et que la culture des Oxfordiens s'en trouvait ainsi des plus limitées.

Oxford n'était qu'un gros bourg saxon fondé au IXe siècle par un roi nommé Alfred ; conquis par les

Danois en 1002, puis par les Normands en 1060, le bourg n'était pas devenu un centre universitaire mais une place forte. Robert d'Oili y avait même construit un château fortifié dont il ne restait que St. George's Tower, transformée en prison.

Certes, au début du XIIIe siècle, le légat du pape avait malheureusement reconnu l'existence officielle de l'université d'Oxford à laquelle on accédait aisément par voie d'eau, ce qui permettait d'échapper aux bandits de grand chemin. Et les évêques avaient fondé des collèges, richement dotés par des particuliers.

Oxford manquait de charme à côté de Cambridge, qui avait si bien su se tenir à l'écart de l'industrialisation du XIXe siècle, laquelle avait défiguré la plupart des villes anglaises.

À Oxford, on fabriquait des livres, mais aussi de la marmelade et des automobiles. Et le fait d'avoir produit une vingtaine de Premiers ministres dans les deux derniers siècles n'était pas obligatoirement un titre de gloire.

La vieille Bentley atteignit le centre névralgique de la cité, Carfax, dont le nom dérivait du français « carrefour ». Là se rencontraient les quatre principales artères, High Street, Queen Street, Cornmarket Street et St. Aldate's.

Les touristes se précipitaient d'ordinaire au cœur artistique d'Oxford, comprenant Radcliffe Camera, un édifice circulaire pourvu d'un dôme, University Church de St. Mary the Virgin, All Souls College, Brasenose College et la Bodleian Library, une prestigieuse bibliothèque où étaient conservés de précieux documents, comme *La Chanson de Roland.*

En cette saison, les rues n'étaient pas très animées, et l'on ne voyait pas beaucoup d'étudiants en toge et à bicyclette. Les passants se hâtaient, pressés de se mettre au chaud.

La cité universitaire avait connu de sombres heures. Higgins songeait à l'époque de Bloody Mary, la « reine sanglante », Marie Tudor la catholique qui, de 1553 à 1558, avait fait brûler deux cent soixante-dix religieux protestants condamnés pour hérésie. Oxford n'avait pas oublié ses martyrs, Latimer, Ridley et Cranmer, honorés par un monument.

Les gloires de Cambridge avaient effacé celles d'Oxford, Roger Bacon, John Wyclif, Robert Boyle ou d'autres, tel Edmund Halley qui n'avait découvert qu'une comète, autrement dit un corps céleste extrêmement passager. Certes il y avait l'*Oxford English Dictionary*, la référence en matière de langue, mais Cambridge devait bien laisser quelques miettes à son adversaire.

Ne disait-on pas, non sans raison, que la plupart des étudiants venaient à Oxford non pour travailler, mais pour bien manger, jouer au cricket ou pratiquer l'aviron ?

La vieille Bentley passa devant l'Ashmolean Museum qui se vantait de posséder quelques tableaux importants, s'engagea dans Beaumont Street et atteignit l'entrée de Worcester College. À l'origine, il y avait là des bâtiments monastiques, appartenant à des bénédictins et regroupés sous le nom de Gloucester

College. Sir Thomas Cooke les avait rachetés en 1714 afin de les restaurer et d'en faire Worcester College, qui possédait une belle collection de livres, de manuscrits et de dessins d'architecture.

— C'est ici ?

— Oui, Higgins.

L'entrée principale n'était ni belle ni accueillante, mais plutôt austère. Au-dessus de la porte se trouvait la bibliothèque, à laquelle on accédait par un escalier de pierre circulaire. L'avant-cour était formée de deux ailes, l'une appartenant au hall et l'autre à la chapelle.

Devant la grille, deux policiers en uniforme.

— L'entrée est momentanément interdite, déclara l'un d'eux.

— Je suis le superintendant Marlow.

— Excusez-moi, sir. Nous vous attendions.

— La police scientifique a-t-elle fait son travail ?

— C'est terminé.

— Et le médecin légiste ?

Le policier parut gêné.

— C'est-à-dire... Il y a eu un petit problème. Quand ce monsieur est arrivé sur une vieille moto pétaradante, nous nous sommes crus obligés de l'arrêter pour diverses infractions. Lorsque son identité a été dûment vérifiée, nous l'avons laissé entrer en oubliant le flot d'injures qu'il a déversé.

« C'est bien Babkocks », pensa Higgins.

— Donc, il est encore sur les lieux.

— Exactement, superintendant. Et le cadavre aussi.

Marlow avait horreur du sang et des scènes macabres. Mais le métier était le métier.

En pénétrant dans Worcester College, Higgins eut un sentiment désagréable. Non parce qu'il avait été contraint de se rendre en territoire ennemi, mais parce qu'il pressentait que l'enquête serait particulièrement difficile, alors qu'il ne disposait encore d'aucun élément, sauf le souvenir d'un homme charmant, qui avait connu une mort atroce.

— 5 —

Comme tout collège qui se respectait, Worcester College était construit autour d'un *quad*, un quadrilatère délimité par des bâtiments et des espaces verts, au centre duquel trônait une pelouse admirablement entretenue.

Le *quad* de Worcester College était asymétrique, et l'on ne pouvait être qu'émerveillé par son côté nord, qu'occupait un édifice classique à deux étages, aux fenêtres à petits carreaux. Le collège avait une allure de château, que renforçait un escalier monumental qui aboutissait au corps central, surmonté d'un fronton triangulaire.

De nombreux ajouts modernes, rendus possibles en raison du vaste terrain que possédait le collège, avaient malheureusement quelque peu défiguré le site primitif. Demeuraient encore le jardin et les *camerae*, une rangée de six cottages médiévaux, survivants des logements des moines. Worcester College disposait même d'un lac, en harmonie avec ses grands arbres.

Le policier conduisit Marlow et Higgins jusqu'au bâtiment où logeaient les *undergraduates*, c'est-à-dire les étudiants qui n'avaient pas encore obtenu leur premier diplôme d'études supérieures. Les trois hommes empruntèrent une allée qui avait été déneigée.

Une bise glacée commença à souffler. L'hiver imposait sa loi.

La pièce où gisait le cadavre était spacieuse. Moquette rouge, table ronde sur laquelle se trouvaient livres et revues savantes, bibliothèques en merisier, deux bureaux, fauteuils de cuir, cheminée, murs ornés de tableaux représentant des professeurs d'Oxford : l'ensemble était chaleureux et de bon ton.

Deux portes s'ouvraient sur deux chambrettes pourvues d'un lit et d'une table de nuit. Un cabinet de toilette complétait l'ensemble.

Un lieu qui semblait tranquille, à l'abri des orages du monde extérieur, s'il n'y avait eu la présence d'un mort, face contre la moquette tachée de sang.

Et, penché sur le malheureux, un homme à la forte carrure, sosie de Winston Churchill, vêtu d'une veste d'aviateur en cuir de la Royal Air Force, dont les poches étaient bourrées de déchets de tabac exotique avec lesquels il façonnait d'énormes cigares à l'odeur nauséabonde.

— Salut messieurs, dit Babkocks, le médecin légiste, sans cesser d'examiner, avec une loupe spéciale, la nuque ensanglantée de Thomas Duke. Du beau travail, c'est sûr ! L'assassin est un véritable sauvage. À mon avis, un seul coup a suffi pour tuer, mais il s'est acharné sur sa victime comme s'il voulait l'anéantir. Un déferlement de haine, vous pouvez m'en croire.

— Une femme aurait-elle pu commettre cette horreur ? demanda Marlow.

— Si c'est le cas, elle doit être athlétique et sacrément vigoureuse. Éliminez d'office toutes les petites bonnes femmes sans muscles. Et si c'est un homme, il ne peut pas s'agir d'un avorton.

— Avez-vous une hypothèse concernant l'arme du crime ? demanda Higgins.

— J'ai déjà vu ce genre de blessures : l'assassin a utilisé un objet lourd et compact, comme une statuette en bronze, pas si facile que ça à manier.

Higgins ouvrit un carnet noir et, utilisant un crayon noir finement taillé, dessina un plan précis de la pièce.

— Il est sans doute trop tôt pour demander l'heure de la mort.

— Oui et non. Je dois vérifier, bien entendu, mais l'état du cadavre et de la blessure, la quantité de sang répandu et mes petites méthodes me donnent une quasi-certitude : le bonhomme a été trucidé hier matin, vers dix heures.

Babkocks se releva et rangea son matériel dans un sac en cuir increvable.

— Bon, c'est pas tout ça ! Je fais embarquer mon client et je l'interroge à fond dans mon labo, sans grand espoir d'obtenir une autre révélation. Je le fais passer avant un vieux duc qui s'est officiellement suicidé en se tirant une balle dans le dos. De plus, sur le revolver, il n'y a que les empreintes de sa très jeune épouse, l'unique héritière de sa fortune.

Quelques minutes plus tard, une effroyable pétarade troubla le calme neigeux de l'hiver oxfordien. Babkocks venait de démarrer en direction de Londres.

Des ambulanciers emportèrent le cadavre.

Higgins s'adressa à un policier.

— Qui a découvert le cadavre ?

— Le vieux gardien du collège, sir ; il habite au rez-de-chaussée et ne quitte jamais l'établissement. Dois-je le faire venir ?

— Nous le verrons plus tard.

Higgins et Marlow entamèrent leurs investigations avec lenteur, afin de ne négliger aucun recoin du logement. Il leur fallut plus de deux heures pour mener à bien l'exploration du domaine estudiantin où Thomas Duke avait trouvé une mort abominable.

— Des trouvailles, superintendant ?

— Rien de significatif. Et vous, Higgins ?

— Pas davantage, sinon que résident ici deux étudiants plutôt soigneux. Qu'avez-vous conclu de l'observation du cadavre ?

— J'ai noté que la victime portait un épais manteau de laine. Duke devait être frileux.

— Pas obligatoirement, objecta Higgins. C'est l'hiver, la température est basse, et il était relativement tôt lorsque Thomas Duke s'est déplacé.

— Il ne logeait pas dans cette chambre d'étudiants, c'est évident. Donc, il est venu de son domicile jusqu'à Worcester College. Pour quelle raison ? Parce qu'il avait un rendez-vous. Un rendez-vous avec l'assassin. Duke n'a même pas songé à ôter son manteau, soit parce que la conversation a été brève et tendue, soit parce que l'assassin a frappé dès que sa victime est entrée dans cette pièce.

Higgins approuva.

— Si Thomas Duke est resté ici quelque temps, il a peut-être manipulé un ou plusieurs objets.

— Autrement dit, il aurait laissé des empreintes ! espéra Marlow. Si c'est le cas, elles n'échapperont pas à nos spécialistes.

Marlow se servit du téléphone pour appeler le Yard et ordonna aux techniciens de la police scientifique de hâter leurs investigations, Christmas ou pas.

L'ex-inspecteur-chef regardait par la fenêtre. Un vent violent faisait tourbillonner les flocons de neige.

— J'aimerais savoir quelles étaient les fonctions exactes de Thomas Duke, indiqua Higgins

— 6 —

Au poste de police principal d'Oxford, c'était déjà Christmas, et l'on ne pensait qu'à la fête.

L'intrusion de Marlow et de Higgins jeta un froid, surtout lorsqu'ils demandèrent à voir le principal responsable. Plutôt gêné, le planton les orienta vers un sergent en uniforme.

— Bienvenue à Oxford, messieurs. Tous mes supérieurs sont partis en vacances, et je suis chargé de m'occuper des affaires courantes.

— Comme le meurtre de Thomas Duke ? interrogea Marlow.

Le sergent toussota.

— C'est le vieux Holden, le gardien de Worcester College, qui nous a prévenus. Comme l'affaire me dépassait, j'ai aussitôt alerté Londres. Maintenant, c'est votre affaire.

— Savez-vous quelles étaient les fonctions exactes de Thomas Duke ? demanda Higgins.

— Pour sûr, inspecteur ! À Oxford, tout le monde le connaissait. Vous pensez, il était l'un des deux *proctors* !

— Il habitait donc au Clarendon.

— Bien entendu.

*

L'immeuble du Clarendon se trouvait tout à côté de la Bodleian Library et du Sheldonian Theatre où les étudiants, en habit, recevaient leur diplôme lors d'une cérémonie solennelle que présidait le chancelier de l'université, assis sur un trône, au centre de l'amphithéâtre du XVIIe siècle. Il abritait à présent les bureaux d'un certain nombre de responsables administratifs.

— Quel est le rôle exact du *proctor* ? demanda Marlow avant de pénétrer dans le bâtiment.

— Oxford respecte plus ou moins les vieilles hiérarchies médiévales, répondit Higgins. L'université est partout et nulle part, comme on dit ici, parce que les trente-cinq collèges sont jaloux de leur indépendance ; l'ensemble est chapeauté par un chancelier qui délègue le pouvoir exécutif à un vice-chancelier, lequel recueille les avis d'un Hebdomadal Council. Quant aux deux *proctors*, ils sont responsables de la bonne conduite des étudiants. Au Moyen Âge, ces derniers étaient volontiers frondeurs et il y avait des heurts avec la population. Aux *proctors* de faire surveiller leurs ouailles par des bulldogs.

— Des chiens policiers ?

— Non, superintendant. On appelle ainsi les surveillants nommés par les *proctors* et chargés de patrouiller dans Oxford après la tombée de la nuit. Ils contrôlent l'identité des individus qui leur paraissent douteux ou troublent l'ordre public. S'il s'agit d'étudiants, ils les amènent aux *proctors*, les coupables doivent s'expliquer et une sanction est prononcée.

Un gardien barra le passage.

— On ne visite pas, messieurs.

— Scotland Yard.

— Ah, vous venez pour… pour le…

— Pour l'assassinat de Thomas Duke, précisa Marlow. Nous voulons voir son appartement de fonction.

— Savez-vous si la victime avait de la famille ? interrogea Higgins.

— Non, il était célibataire et se consacrait uniquement à son travail.

— Conduisez-nous, ordonna Marlow.

★

Le logement de Thomas Duke était celui d'un parfait dignitaire d'Oxford. Partout, des souvenirs de l'histoire de l'université – bibelots, lithographies, livres anciens, reproductions de chartes et de diplômes. Un ordre parfait régnait, aucun grain de poussière ne déparait l'ensemble.

En dépit de recherches approfondies, ni Higgins ni Marlow ne découvrirent de papiers personnels qui auraient été sans rapport avec l'activité professionnelle du défunt. Thomas Duke avait disparu derrière sa fonction de *proctor*.

L'ex-inspecteur-chef s'adressa au gardien.

— Étiez-vous de garde avant-hier ?

— Oui, je remplis cette fonction jusqu'au premier de l'An. Après, je prendrai des vacances.

— Qui résidait au Clarendon ce jour-là ?

— Uniquement M. Duke. Les bureaux sont vides en raison des congés.

— L'avez-vous vu sortir de l'immeuble le matin ?

— Ah oui… Il portait son manteau brun habituel, celui qu'il mettait quand il faisait froid.

— Quelle heure était-il ?

— Neuf heures et demie.

— Lui avez-vous parlé ?

— Oh non, inspecteur ! C'était un grand monsieur, et on ne s'adressait pas à lui comme ça ! Je me suis contenté de le saluer, et il m'a répondu, comme d'habitude. Un homme très correct.

— Vous a-t-il paru soucieux ?

— Impossible à dire. Il avait un visage plutôt sévère.

— Marchait-il vite, comme quelqu'un de pressé ?

Le planton réfléchit.

— Ah ça oui ! Je n'y aurais pas pensé moi-même, mais j'en suis sûr. M. Duke était un homme calme, posé. Ce matin-là, il semblait pressé comme quelqu'un qui ne veut pas être en retard à un rendez-vous. Et c'était plutôt bizarre. D'ordinaire, M. Duke ne sortait jamais le matin.

— La rumeur prétend-elle qu'il aurait connu des problèmes ces temps derniers ?

Le planton parut amusé.

— Des rumeurs, à Oxford, il en circule sans arrêt, et je suis bien placé pour les entendre ! Mais sur le compte de M. Duke, il n'y en avait jamais.

— 7 —

Voûté, perclus de rhumatismes déformants, les favoris et les cheveux blancs depuis de nombreuses années, Humphrey Holden, le vieux gardien de Worcester College, ne se plaignait pas de son sort. Il aimait Oxford, son collège, les périodes de travail et les congés, la neige qui tombait et le silence qui s'était emparé de la ville en cette soirée de Christmas Eve. Les gens faisaient la fête en famille, et lui restait seul pour surveiller son collège déserté par les étudiants et les professeurs.

Pour une fois, ce soir-là, cette solitude lui pesait un peu. Il aurait aimé être entouré de l'affection de quelques proches, entendre des rires d'enfants, échanger quelques souvenirs avec des amis. Mais c'était ainsi, et il ne pouvait rien y changer. Jusqu'à la fin de ses jours, il serait à son poste, la casquette vissée sur la tête et la pipe aux lèvres. Beaucoup étaient plus malheureux que lui. Quel bonheur de vivre dans un pareil endroit !

Un bruit bizarre, comme si l'on avait frappé à la porte de son petit logement, modestement meublé, mais riche en photographies, toutes consacrées à la vie et aux coutumes d'Oxford.

Non, il devait se tromper. Le collège était désert, et Humphrey Holden n'attendait personne.

De nouveau, le même bruit.

On frappait à la porte ! Pour la première fois de sa vie, le vieux gardien eut peur. Depuis la découverte du cadavre du *proctor*, qui l'avait profondément choqué, il était inquiet. Quel serait l'avenir d'Oxford si la cité devenait la proie du crime ?

Et qui pouvait frapper à sa porte un soir de Christmas Eve, sinon quelqu'un de malintentionné, quelqu'un qui pourrait bien être le coupable...

— Ouvrez, monsieur Holden, ordonna une voix forte et autoritaire.

— Partez immédiatement, répliqua le vieux gardien, tremblant, ou j'appelle la police !

— Nous sommes de Scotland Yard et voudrions vous poser quelques questions.

Hésitant, Humphrey Holden entrebâilla la porte. Il découvrit deux hommes, l'un très élégant dans son imperméable Tielocken, l'autre plutôt mal fagoté mais porteur d'une caisse contenant du champagne, une dinde cuite au four et un Christmas pudding.

— Je suis l'inspecteur Higgins, déclara l'homme élégant, et voici mon collègue, le superintendant Marlow. Nous enquêtons sur l'assassinat de mon ami Thomas Duke et nous aimerions célébrer cette fête en votre compagnie si vous n'y voyez pas d'inconvénients.

Humphrey Holden fut abasourdi.

— D'inconvénients ? Non, non, je n'en vois pas ! C'est vraiment très aimable à vous, mais mon logement est modeste, et...

— Je suis persuadé que nous allons passer une excellente soirée, dit Higgins avec un bon sourire. Pouvons-nous entrer ?

Le vieux gardien ouvrit largement sa porte.

— Si vous voulez bien mettre la table, monsieur Holden, le superintendant découpera la dinde et je déboucherai le champagne.

Entre Humphrey Holden et les deux policiers, le courant passa aussitôt. Ils échangèrent force banalités sur la Couronne, la dernière victoire de l'équipe de rugby anglaise sur la française et la grandeur perdue de l'époque victorienne.

Le champagne était convenable, la dinde savoureuse et le Christmas pudding à peu près réussi. Higgins n'avait pas manqué de jeter un œil aux photographies qui immortalisaient les meilleurs cuisiniers des collèges, des dîners de diplômés en smoking, des cabriolets tirés par quatre chevaux circulant dans les rues d'Oxford, les équipages des avirons ou encore la fameuse procession connue sous le nom d'Encaenia qui, lors de l'attribution des diplômes, voyait les professeurs vêtus de robes colorées défiler dans Broad Street en direction du Sheldonian Theatre.

— Les traditions commencent à se perdre, déplora Humphrey Holden. D'abord, il y a de plus en plus de filles, et ce n'est pas bon pour les études des garçons. Autrefois, à Oxford, elles n'avaient pas droit de cité, et c'était mieux comme ça. Et puis les gamins oublient souvent de porter leur robe et leur toque. Comme ils ont l'air ridicules et vulgaires dans leurs vêtements modernes ! Jadis, on n'aurait pas toléré ce genre d'excentricités et les *proctors* se seraient montrés beaucoup plus sévères qu'ils ne le sont aujourd'hui.

— Thomas Duke aurait-il été trop tolérant ? s'enquit Higgins.

— C'était quelqu'un de bien et de droit, et il faisait tout ce qu'il pouvait. Comment lutter contre la dégradation des mœurs ? J'espère qu'Oxford résistera le plus longtemps possible.

— Vous connaissiez bien Thomas Duke ?

— Vous savez, inspecteur, je ne sors jamais de ce collège, et M. Duke n'y a fait que de rares apparitions. Sa réputation était excellente, c'est tout ce que je puis dire.

— Découvrir son cadavre a dû être un choc terrible.

— Un cataclysme ! J'ai cru que j'allais tomber dans les pommes et j'ai dû mettre un sacré moment avant de reprendre mes esprits et de pouvoir appeler la police. D'abord, on ne m'a pas cru ; comme j'ai insisté, elle est quand même venue.

— Vous faisiez une ronde, je suppose ?

— Ce matin-là, le collège était complètement désert. Alors je me suis offert une promenade dans les locaux en fin de matinée. J'aime tellement cet endroit ! Y errer, seul, dans le silence, est un plaisir sans égal. C'est une porte entrouverte qui a attiré mon attention. J'ai d'abord voulu la fermer, puis je me suis aperçu que la double porte était également ouverte. Intrigué, j'ai demandé s'il y avait quelqu'un.

Comme on ne me répondait pas, je suis entré. Et j'ai vu le cadavre...

La gorge de Humphrey Holden se noua.

— Je me suis approché. La nuque était ensanglantée, le visage plaqué contre la moquette. J'ai quand même identifié Thomas Duke. Pourquoi a-t-on fait ça, inspecteur, pourquoi ?

— Reprenez un peu de dinde, proposa Higgins.

Le vieux gardien se laissa tenter.

— Un crime, ici, dans l'une des chambres de mon collège ! C'est inconcevable.

— Avez-vous toujours rempli la fonction de gardien ? demanda Higgins.

L'esprit de Humphrey Holden s'envola vers un lointain passé.

— Mon grand-père était chaudronnier, mon père épicier, et moi, j'ai été engagé comme homme à tout faire dans ce collège il y a soixante ans. J'étais heureux de trouver un travail. Et puis ce collège, avec ses bâtiments anciens, ses professeurs en toge, ses étudiants bien habillés, c'était si beau, si extraordinaire ! Je découvrais un monde auquel je n'aurais jamais dû avoir accès. Pour moi, c'était le paradis. J'ai obéi scrupuleusement à tous les ordres que l'on m'a donnés, et je suis devenu une ombre familière à laquelle plus personne ne prête attention. J'ai vieilli ici, paisiblement.

— N'avez-vous pas eu envie de goûter une retraite bien méritée ?

— Ce fut mon unique angoisse, inspecteur ! La retraite imposée est la plus grande stupidité du monde moderne. Quand on aime son travail, le quitter, c'est mourir. Et les gens meurent aussi d'être enfermés dans un travail qu'ils n'aiment pas. Moi, j'ai eu beaucoup de chance. Le patron du collège ne m'a pas mis à la porte. Il m'a autorisé à conserver mon petit logement de fonction, à condition que je garde le collège sans jamais m'absenter. Il ne pouvait m'offrir plus beau cadeau ! En l'absence des responsables, la bibliothèque et les bureaux sont fermés. Je m'assure qu'aucun intrus ne pénètre dans les chambres, qui sont elles aussi fermées en l'absence des locataires. Au fond, c'est un travail tout simple mais qui me comble de joie. Je peux me promener dans ce collège, ressentir les émotions du passé, participer aux efforts des étudiants pour devenir des maîtres. Chaque matin, je remercie Dieu de m'avoir accordé une telle grâce.

— Le matin de la mort de Thomas Duke, il n'y avait donc personne dans ce collège.

— Exact, inspecteur. La veille de Christmas et le jour de Christmas, je suis d'ordinaire le seul habitant de ces lieux. Après-demain, quelques étudiants rentreront peut-être, mais ce n'est pas sûr. Les gens se sont habitués aux vacances, comme s'ils se fuyaient eux-mêmes.

— Thomas Duke a été tué il y a deux jours, précisa Scott Marlow. Qui se trouvait à Worcester College à cette date-là ?

— Personne, superintendant. D'après ce que j'ai pu comprendre, le trimestre de travail a été particulièrement rude pour les étudiants, et ils sont partis se reposer dès que possible.

— Quelqu'un aurait-il pu se cacher dans les bâtiments ?

— Ce n'est pas invraisemblable. Le collège est très vaste, et qui connaît bien les lieux aurait pu se dissimuler.

— Je suppose que tous ceux qui travaillent et vivent ici vous sont familiers, avança Higgins.

— Autrefois, oui, inspecteur ; à présent, ce n'est plus le cas. Je souffre de rhumatismes qui me paralysent chaque jour davantage, et je ne sors plus beaucoup de mon antre, sauf en période de congé pour me promener dans le collège. Quand j'étais plus jeune, j'aurais pu vous décrire le caractère de chaque professeur et de chaque étudiant. Maintenant, je les vois passer, sans trop savoir qui ils sont vraiment.

— La pièce où Thomas Duke a été assassiné est un logement pour deux étudiants, semble-t-il.

— Affirmatif.

— Connaissez-vous leurs noms ?

— On me remet un document qui comporte le numéro des chambres et le nom de leurs occupants. Je vais vous le montrer.

Humphrey Holden se leva avec difficulté, se dirigea vers un buffet victorien et sortit d'un tiroir une chemise bleu pâle qu'il ouvrit difficilement de ses doigts gourds.

— Voilà, inspecteur. La chambre où a été tué Thomas Duke est occupée par deux *undergraduates*, Giles Plight et Nevil Wards. Le premier a dix-neuf ans, le second vingt et un. Ils sont tous les deux étudiants en latin.

— *Undergraduates*, commenta Scott Marlow : cela signifie bien qu'ils n'ont pas encore obtenu leur diplôme de fin d'études et qu'ils ne sont pas encore BA, *Bachelors of Arts* ?

— Exactement. S'ils ont été admis dans ce collège, c'est qu'ils ont franchi l'obstacle de la première sélection et qu'on les a reconnus capables d'aller plus loin. Cependant il y a beaucoup d'échecs en cours de route, et peu d'étudiants parviennent à devenir MA, *Masters of Arts*. C'est la dure loi de la sélection.

— Avez-vous rencontré ces deux jeunes gens ?

— J'ai dû les croiser, mais je ne peux rien vous dire à leur propos.

Marlow servit le pudding, qu'il arrosa d'une goutte de whisky.

— Le matin du meurtre, insista Higgins, avez-vous noté un détail anormal ?

Humphrey Holden réfléchit longuement.

— Il y avait quelque chose de bizarre, en effet. Des pas, dans la neige, sur le *quad*. C'est curieux, puisque les services de la voirie prennent soin d'ôter la neige des allées. Je n'en suis pas tout à fait certain. C'étaient peut-être des oiseaux.

— On ne peut pas confondre, remarqua calmement l'ex-inspecteur-chef. Prenez votre temps et réfléchissez bien.

— C'étaient bien des traces de chaussures. Elles ne sont pas restées longtemps visibles, car la neige les a vite effacées.

Higgins dessina le *quad* de Worcester College sur une page de son carnet noir, sans omettre l'escalier monumental, la butte et le grand bâtiment nord, puis montra le dessin au vieux gardien.

— Pourriez-vous m'indiquer la trajectoire, même approximative, de ces pas ?

— Je dirais qu'il y avait des traces sur la butte, à gauche de l'escalier, et qu'elles partaient ensuite en diagonale, vers le parc, mais je n'en suis pas très sûr.

Humphrey Holden vida son verre de champagne.

— Ce dont je suis certain, en revanche, c'est que vous m'avez offert un sacré beau Christmas !

— 8 —

Le Mitre, dans High Street, n'était pas un hôtel ordinaire, mais un bâtiment datant du XIVe siècle et qui s'était adapté, tant bien que mal, aux exigences du confort.

Dès qu'ils furent installés dans leurs chambres respectives, Higgins et Marlow passèrent chacun un coup de téléphone.

Higgins appela Mary pour lui souhaiter un *happy Christmas*, ainsi qu'à son chien Geb et à son chat Trafalgar, qui sommeillaient déjà au coin du feu, au terme d'un réveillon pantagruélique. La gouvernante recommanda à l'ex-inspecteur-chef d'absorber ses remèdes homéopathiques contre la grippe, les seuls efficaces, et le félicita d'accomplir son devoir afin de préserver l'honneur d'une institution britannique.

Marlow, lui, contacta l'un de ses adjoints, chargé de la permanence, afin qu'il retrouve au plus vite la trace de deux étudiants d'Oxford, Giles Plight et Nevil Wards, et qu'ils soient amenés à Worcester College par la police.

★

Alors que Higgins et Marlow dégustaient un breakfast convenable, dont l'apogée était la célèbre marmelade d'Oxford, le portable du superintendant sonna.

Le code d'urgence de Scotland Yard.

— Marlow, j'écoute… Parfait ! Nous les attendons.

La mine guillerette, il raccrocha.

— Le Yard a retrouvé Plight et Wards, ils seront à Worcester College au milieu de la matinée.

★

La neige continuait à tomber, mais les voies d'accès à Oxford étaient bien dégagées. Le manteau blanc conférait un charme particulier aux vieux collèges, indifférents à l'éphémère.

— Les suspects sont arrivés, annonça un bobby au superintendant.

Quand Higgins et Marlow pénétrèrent sur les lieux du crime, les deux jeunes gens étaient à leur bureau et lisaient un livre.

Giles Plight se leva le premier. Plutôt laid, le visage parsemé de taches de rousseur, les cheveux coiffés en brosse, il portait un pantalon gris et un pull-over rouge.

— Pourriez-vous m'expliquer ce qui se passe ? La police a réveillé mes parents en pleine nuit, et nous a conduits ici de force !

— Calmez-vous, mon garçon. Je suis le superintendant Marlow et voici mon collègue, l'inspecteur-chef Higgins. Votre nom, je vous prie ?

— Giles Plight. Mon collègue s'appelle Nevil Wards.

Wards se leva à son tour. Il était très différent de Plight. Doté d'une élégance naturelle, il avait des cheveux très noirs et un visage ovale aux traits d'une grande pureté qui faisaient songer à un héros grec. Ses yeux étaient noirs et brillants, ses lèvres fines. Il était vêtu d'un costume gris et d'une chemise d'un blanc immaculé sur laquelle tranchait une cravate d'un rouge vif.

— Je me joins à mon ami Giles pour vous demander des explications, messieurs.

— Où vous trouviez-vous, monsieur Wards ?

— Giles m'a invité à passer les fêtes et le congé de Christmas chez ses parents. Comme je suis orphelin, j'ai beaucoup apprécié cette délicate attention, et nous aurions vécu d'excellents moments si Scotland Yard n'était pas venu les gâcher pour des raisons que nous ignorons encore.

— Vous êtes bien les occupants de cette chambre ?

— Nous y logeons depuis un an et demi, superintendant.

— Quand avez-vous quitté Oxford pour vous rendre chez vos parents, monsieur Plight ?

— Trois jours avant Christmas.

— En êtes-vous bien sûr ?

— Puisque je vous le dis !

— À quelle heure précise ?

— Nous avons pris le train de midi pour Londres.

Interloqué, Marlow échangea un regard avec Higgins, qui l'encouragea à continuer.

— Pourrions-nous enfin connaître la raison de ce remue-ménage ? intervint Nevil Wards. Vous nous empêchez de fêter tranquillement Christmas et de jouir de vacances bien méritées, vous nous posez des questions sur notre emploi du temps, et vous refusez de nous expliquer pourquoi vous agissez ainsi !

— Vous le saurez bientôt. Pour le moment, contentez-vous de répondre.

— Si je ne m'abuse, superintendant, nous ne sommes pas encore dans un pays totalitaire. Si vous le prenez sur ce ton, je vous demanderai de sortir de cette chambre et de nous laisser tranquilles, Giles et moi.

— Ne t'énerve pas, recommanda Giles Plight. Scotland Yard n'agit pas à la légère.

Marlow poursuivit, imperturbable.

— Avant de prendre le train, qu'avez-vous fait, monsieur Plight ?

— Je ne sais plus très bien… Je me suis promené.

— À quelle heure avez-vous quitté cette chambre ?

— Après avoir pris mon breakfast, vers huit heures.

— Et vous n'y êtes pas revenu avant de vous rendre à la gare ?

— Je ne crois pas.

— Vous ne croyez pas ou vous en êtes sûr ?

— J'en suis… plutôt sûr.

Scott Marlow se tourna vers Nevil Wards.

— Et vous, monsieur, où vous trouviez-vous exactement ce matin-là ?

— Cela ne vous regarde pas.

— Il vaudrait mieux répondre.

— Pas avant de connaître le motif de votre question.

— Nous allons devoir vous interroger séparément, car nous enquêtons sur un crime qui a été commis ici même, dans cette chambre dont vous êtes les occupants. Vos premières réponses sont loin d'être satisfaisantes.

— 9 —

Les deux jeunes gens blêmirent.

— Vous ne voulez quand même pas dire que quelqu'un a été assassiné ici, chez nous ? demanda Giles Plight d'une voix blanche.

— C'est la triste réalité, confirma Marlow.

— Qui est la victime ? s'enquit Nevil Wards.

— Thomas Duke, l'un des deux *proctors* d'Oxford, révéla Higgins.

Un long silence s'installa. Ce fut Giles Plight qui le brisa.

— Vous n'êtes pas hommes à faire une mauvaise plaisanterie, messieurs… Ce serait épouvantable !

Marlow s'adressa à Nevil Wards.

— Je vous prie de sortir, monsieur. Un bobby va vous emmener dans le hall, où vous nous attendrez.

Abattu, le jeune homme ne protesta pas.

Giles Plight vacilla.

— Je… je peux m'asseoir ?

— Bien entendu, répondit Higgins. Il faudrait vous montrer plus précis sur votre emploi du temps le matin du crime.

L'étudiant se laissa tomber dans un fauteuil.

— Qu'est-ce que je vous ai dit déjà ?

— Vous avez pris votre breakfast et vous êtes parti vous promener.

— Ah oui, c'est bien exact.

— Est-ce une habitude, monsieur Plight ?

— Pendant les périodes de congé, oui. Sinon, nous avons des cours. Quand j'ai beaucoup de travail, je me couche tard, et j'aime commencer ma journée par une ou deux heures de marche. J'en profite pour lire des poèmes latins et les apprendre par cœur. Comme je prépare un mémoire sur le dramaturge Térence, un remarquable auteur de comédies, j'accumule des citations qui me sont utiles lorsqu'il faut rédiger un commentaire. Par exemple, dans *L'Hécyre*, sa pièce injustement méconnue, Térence s'exclame : « *Nunc quid petam, mea causa, æquo animo attendite* », c'est-à-dire : « Aujourd'hui, par égard pour moi, prêtez une oreille bienveillante à ma supplique. » Quel joli style, non ?

— Certainement, admit Higgins. Vous vous seriez promené de neuf à onze heures environ avant de rejoindre la gare.

— Probablement, inspecteur.

— Des précisions sur l'itinéraire que vous avez suivi ?

— Je suis allé au hasard des ruelles, sans but précis. Quand je marche ainsi, je suis concentré sur mes vers latins et je ne m'occupe pas du monde extérieur.

— Il faisait très froid ! rappela Scott Marlow.

— Pas pour moi, objecta l'étudiant : je n'ai jamais froid, et l'hiver est ma saison préférée. S'il y a de la neige, je suis aux anges. Comme il est doux de marcher dans cette ouate et de goûter le silence qu'elle impose à la cité ! Je ne mets jamais de manteau, un bon pull me suffit.

— Avez-vous rencontré quelqu'un ?

— Non, superintendant. Et si quelqu'un m'avait salué, je ne lui aurais pas répondu. Certains pourraient croire que je suis fort impoli, alors que je suis simplement plongé dans ma méditation.

— Il n'existe donc aucun témoin capable de corroborer vos dires.

— Je l'ignore. Pourquoi cela serait-il nécessaire ?

— Savez-vous où se trouvait Nevil Wards, vers dix heures du matin ? demanda Higgins.

— Non, inspecteur.

— Est-il vraiment votre ami ?

— Je l'admire et je le respecte ! Nevil est un garçon remarquable. Je suis issu d'une famille modeste et j'espère, grâce à mon travail, devenir un bon professeur de latin. Être admis à Oxford a été un cadeau du ciel. J'ai la chance d'avoir des parents qui m'encouragent, bien qu'ils ne possèdent aucune fortune. Nevil, lui, est orphelin ! Vous ne pouvez pas imaginer les difficultés qu'il a rencontrées et l'énergie qu'il a dû déployer pour être admis dans ce collège.

— Depuis quand le connaissez-vous ?

— Depuis un an et demi. Nous nous sommes rencontrés ici, dans cette chambre, et nous avons immédiatement sympathisé.

— Êtes-vous un étudiant brillant ?

Giles Plight rosit.

— Je travaille avec acharnement, mes résultats ne sont pas trop mauvais.

— Et votre ami Nevil ?

— Il a des difficultés, c'est sûr, mais il parviendra à les résoudre, j'en suis certain. Quand on possède une volonté comme la sienne, aucun obstacle n'est insurmontable.

— Vous n'aviez donc aucun secret l'un pour l'autre ?

— N'est-ce pas le propre de l'amitié ?

— Il savait que, le matin du crime, vous alliez vous promener dans Oxford.

— Nevil connaît mes habitudes.

— Et vous, vous connaissez les siennes ?

— Un ami est un ami.

— Ne jouez pas au plus fin, recommanda Scott Marlow. Je vous rappelle qu'un crime a été commis.

— Ni moi ni Nevil ne sommes coupables ! Je ne sais pas ce qu'il a fait ce terrible matin, mais je suis sûr qu'il est innocent.

— Votre attitude est courageuse, reconnut Higgins, mais quelque peu irresponsable. Supposez que votre ami Nevil soit l'assassin : en refusant de nous donner son emploi du temps, vous risquez d'être accusé de complicité de crime.

— C'est complètement absurde, inspecteur ! Nevil et moi sommes deux étudiants désireux de réussir dans nos études, et non des criminels !

— C'est dans votre chambre qu'a été assassiné Thomas Duke.

Giles Plight se prit la tête dans les mains.

— Je ne comprends pas pourquoi… On a dû lui tendre une sorte de traquenard !

— Aviez-vous eu l'occasion de rencontrer Thomas Duke ?

— Non, inspecteur. Je l'ai simplement aperçu lors de la procession des dignitaires d'Oxford. Il m'a beaucoup impressionné, je l'avoue, et je crois qu'il était préférable de ne pas avoir affaire à lui.

— Vous allez prendre tout votre temps, dit Higgins, et examiner cet endroit. Nous aimerions savoir si un objet a disparu.

— Entendu, inspecteur.

L'étudiant s'exécuta avec diligence. Higgins constata qu'il était rapide et précis. Il ne fallut pas plus de dix minutes à Plight pour donner ses conclusions.

— À mon avis, un seul objet manque… Il se trouvait dans la grande pièce commune. Un bronze représentant l'empereur Auguste.

— 10 —

— S'agissait-il d'un bronze de grande valeur ? demanda Higgins.

— Non, inspecteur. Une œuvrette moderne, mais qui n'était pas trop laide et pesait son poids ! C'est le *don* de Nevil qui l'a achetée pour embellir cette chambre où il a habité quand il était étudiant.

— Le *don*, répéta Marlow, interloqué ; c'est un titre ?

Giles Plight sourit.

— Oxford est un monde à part, superintendant ! Il y a les *undergraduates*, les non-diplômés, et les *graduates*, les diplômés, mais ce n'est pas tout ! Tous les étudiants rêvent de devenir des *fellows*, associés à la bonne marche des collèges, en attendant de décrocher un poste de professeur. Il n'y a que l'ambition : quand vous avez obtenu votre diplôme, vous devez exercer une activité de *don*, du latin *dominus*, c'est-à-dire prendre une heure de votre temps, chaque semaine, pour donner un cours particulier à un étudiant qui travaille dans votre spécialité. Nevil a la chance d'avoir comme *don* Adam Lamford, un brillant latiniste qui l'aide à combler ses lacunes.

— Aucun autre objet manquant ?

— Je ne crois pas, inspecteur.

— Aucun détail insolite ?

— Non.

— Nous allons interroger votre ami, monsieur Plight, indiqua Marlow. Vous resterez à Oxford jusqu'à la fin de l'enquête.

★

Nevil Wards semblait calme. Il s'assit lentement dans un fauteuil et croisa les jambes.

— Pendant que j'attendais dans le hall, j'ai réfléchi. On a attiré le *proctor* dans un piège et on tente de nous faire porter le chapeau, à mon ami Giles et à moi. Une manœuvre habile qui ne résistera pas à une enquête en profondeur.

— Connaissiez-vous la victime, Thomas Duke ? interrogea Higgins.

— Heureusement, non ! Quand on tombe entre les mains d'un *proctor*, c'est plutôt mauvais signe. Et Duke n'était pas commode, paraît-il. Un homme redouté qui ne plaisantait pas avec la discipline.

— Son attitude vous déplaisait-elle ?

— Personnellement, je n'avais rien à craindre. Quand on entre à Oxford, on sait qu'il faut respecter certaines traditions et suivre la règle du jeu. Se révolter n'aurait aucun sens.

— Votre ami Giles partageait-il cette appréciation ?

— Giles est devenu un pur Oxfordien. Il est issu d'une famille modeste, mais il a davantage de valeur que des milliers d'aristocrates réunis. Ce garçon possède toutes les qualités, et n'est même pas prétentieux. Demain, il sera le meilleur latiniste d'Oxford.

— Votre parcours ne sera peut-être pas aussi facile que le sien, semble-t-il.

L'étudiant fut piqué au vif.

— Vous avez déjà enquêté sur moi ?

— C'est notre métier, rappela Marlow.

— Vous savez donc que je suis orphelin, que j'ai réussi à entrer à l'université d'Oxford à la force du poignet, que j'ai obtenu une bourse et que mes dons sont limités. Mais je suis travailleur et consciencieux. Et j'ai la chance d'être aidé par un *don* remarquable, Adam Lamford. Une heure par semaine, il me donne un cours particulier. Pourtant...

— Pourtant ?

— J'ai l'impression qu'il fait un travail mécanique et que mon cas ne l'intéresse pas vraiment. C'est un drôle de type, ce Lamford. Il est complexé et il a sûrement bien des choses à cacher.

— De quel ordre ?

— Je n'en ai pas la moindre idée et je n'ai pas l'habitude de m'occuper des affaires des autres. Lamford m'est utile. Pour moi, c'est l'essentiel.

— Seriez-vous cynique, monsieur Wards ?

— Oxford est un endroit magnifique, inspecteur ! C'est aussi le champ clos d'une compétition féroce. Il y a peu d'appelés et encore moins d'élus. Si l'on manque de punch, échec assuré. Moi, je n'ai pas envie d'échouer.

— Auriez-vous l'obligeance, monsieur Wards, de nous détailler votre emploi du temps le matin du crime ?

Le jeune homme eut un rictus vaguement ironique.

— Vous osez nous soupçonner, Giles et moi ?

— Nous attendons vos explications.

— Et je suis obligé de vous répondre, comme ça !

— Si vous préférez le cadre moins attrayant d'un poste de police…

— Pourquoi nous persécutez-vous de la sorte ?

— Oubliez-vous que le crime a été commis dans ce logement où vous habitez avec votre camarade ?

Nevil Wards parut troublé, comme s'il prenait conscience d'une réalité qu'il avait refusée jusque-là.

— Pourquoi l'assassin a-t-il choisi cet endroit ?

— C'est l'une des questions auxquelles nous devrons répondre, assura Higgins. Votre emploi du temps ?

— Je ne me trouvais pas au collège, inspecteur. J'ai dû le quitter vers neuf heures, un peu après Giles.

— Giles Plight vous a-t-il dit où il allait ?

— Non, mais il aime bien se promener en récitant des vers latins pour muscler sa mémoire ou bien en lisant un texte classique. Dans ces moments-là, il est complètement enfermé en lui-même et ne voit personne. Même s'il croisait ses parents, il ne les verrait pas.

— Vous, quelle direction avez-vous prise ?

— Tout le monde ne peut pas ressembler à Giles. Lui, il est tellement passionné par le latin qu'il vit continuellement avec les vieux auteurs. Moi, j'ai parfois besoin de m'en évader. Vous me comprenez, j'espère ?

— Certainement, monsieur Wards, mais j'attends encore quelques précisions.

L'étudiant se leva, fit quelques pas dans la pièce, feuilleta machinalement une revue d'études latines et s'assit à son bureau, comme s'il s'apprêtait à travailler.

— J'ai passé la matinée à l'extérieur et je suis allé à la gare pour y rejoindre Giles. C'est la vérité, et je pense qu'elle vous suffira.

— Malheureusement non, dit Higgins.

— 11 —

L'atmosphère devint pesante.

Sentant braqués sur lui les regards de Higgins et de Marlow, Nevil Wards quitta son bureau et se plaça devant la fenêtre, tournant le dos aux deux policiers.

— Même un étudiant d'Oxford a le droit d'avoir une vie privée, non ? Et qui parle de vie privée suppose qu'elle ne doit être révélée à personne.

— Sauf en cas de motif impérieux, rectifia Higgins.

— Hâtez-vous de parler, mon garçon, intervint Marlow avec rudesse.

— Sinon ?

— Sinon, vous deviendrez le principal suspect.

Nevil Wards alla se rasseoir à son bureau et manipula un coupe-papier pour se donner une contenance.

— J'ai une petite amie, avoua-t-il dans un souffle.

— Comment s'appelle-t-elle ? demanda Higgins, apaisant.

— Matilda Wide.

— Étudiante à Oxford ?

— Non, elle se consacre à l'athlétisme, au demi-fond pour être précis. Née à Oxford, elle aime s'entraîner ici.

— Le matin du meurtre, vous étiez avec elle ?

— Oui, inspecteur. Comme je partais pour plusieurs jours avec Giles, elle tenait absolument à me voir avant.

— Une promenade dans la ville en sa compagnie ?

— Non, pas une promenade. Je suis allé chez elle.

— Son adresse, monsieur Wards ?

— Je ne voudrais pas qu'elle soit importunée. C'est une fille bien qui n'est pas concernée par cette affaire.

— Nous serons discrets, mais il est indispensable que nous ayons un entretien avec Mlle Wide.

De la colère emplit le regard de l'étudiant.

— Vous ne me croyez pas, et vous voulez vérifier mon… alibi ?

— Pas de grands mots, mon garçon, intervint Marlow. Lorsqu'il s'agit d'un crime, nous entreprenons des vérifications systématiques. Alors, cette adresse ?

— Matilda habite au deuxième étage de la maison qui se trouve à l'angle de Kingston Road et de Farndon Road.

— Votre liaison est-elle sérieuse ? s'enquit Higgins.

— Aucune liaison ne peut être sérieuse, inspecteur. Matilda est une fille belle et ardente à l'intelligence plutôt limitée. Nous nous amusons bien, voilà tout.

— Elle n'est probablement pas votre première maîtresse.

— Ni la première ni la dernière, inspecteur ! Si l'on reste trop longtemps avec une femme, les sentiments s'émoussent et l'on en vient inévitablement au conflit. La vie n'est-elle pas la variété ? Tant que nous serons bien ensemble, Matilda et moi, tant mieux. Au moindre signal de lassitude, il vaudra mieux nous séparer pour garder d'excellents souvenirs.

— J'aimerais que vous examiniez cette pièce, les chambrettes et le cabinet de toilette en prenant tout le temps nécessaire, proposa Higgins, et que vous nous disiez s'il manque un objet ou si vous notez une anomalie quelconque.

Nevil Wards fut un peu plus long que Giles Plight.

— Je ne vois rien, conclut-il. Ah si... Il manque une statuette en bronze représentant l'empereur Auguste. Elle me servait de serre-livres.

— Vous appartenait-elle ?

— Non, elle avait été achetée par Adam Lamford, qui avait occupé cette chambre pendant ses études et qui avait fait don de cette copie moderne au collège. Honnêtement, on se demande qui a pu avoir envie de dérober une telle horreur !

— N'apprécieriez-vous pas l'empereur Auguste ?

— Un tyran comme un autre, avec quelques milliers de morts sur la conscience. Les Romains ne s'arrêtaient pas à ce genre de détail.

— Adam Lamford vous a-t-il parlé récemment de cette statuette ?

Nevil Wards fronça les sourcils.

— Non... En tout cas, je ne m'en souviens pas.

— Serait-il un spécialiste de l'époque d'Auguste ?

— C'est son dieu ! Pour lui, l'Occident moderne a été créé par Octave Auguste lorsqu'il a vaincu Cléopâtre et Antoine lors de la bataille d'Actium.

— Et vous, monsieur Wards, quelle est votre période préférée ?

— Je n'en ai pas, inspecteur. Giles, lui, est un passionné des comédies de Térence. Il faut avouer qu'elles ne font pas rire grand monde.

— N'avez-vous pas choisi un sujet de thèse ?

— Je suivrai les conseils de Lamford, qui veut m'orienter sur une période mal connue et peu étudiée.

— Savez-vous si Lamford était en bons termes avec Thomas Duke ? demanda Marlow.

— Je l'ignore, superintendant.

— Ne quittez pas Oxford avant la fin de l'enquête, mon garçon. Si un détail insolite, même infime, vous apparaît, prévenez-nous immédiatement.

★

La neige tombait moins dru, la vieille Bentley roulait avec aisance en direction du domicile de Matilda Wide.

— Je n'exclus pas la complicité de ces deux garçons, déclara Marlow.

— Je crains que nous ne retrouvions pas l'arme du crime. Le bronze d'Auguste a dû finir au fond de la Tamise ou caché dans un trou profond. Puisque l'assassin dispose d'une puissance physique certaine, il n'a pas dû hésiter à creuser le sol gelé.

— Ce qui signifie qu'il avait laissé ses empreintes sur le bronze ou bien que… l'existence même de ce bronze serait une piste qui mènerait directement à lui !

Alors que Higgins s'engageait dans l'escalier, il se heurta à une jeune femme qui le dévalait en courant.

Brune, élancée, les cheveux courts, vêtue d'un survêtement, elle avait du charme.

— Oh, pardonnez-moi ! J'ai tellement l'habitude de courir. Je ne vous ai pas fait mal au moins ?

— Rassurez-vous, mademoiselle ; ne seriez-vous pas Matilda Wide ?

— Si, c'est bien moi !

— Je suis l'inspecteur-chef Higgins, et voici mon collègue, le superintendant Marlow.

— C'est bien moi que vous voulez voir ?

— Si vous acceptiez de nous accorder un entretien, nous en serions très heureux.

— C'est… grave ?

— Oui, mademoiselle.

— Montons chez moi. Je vous préviens, c'est en désordre.

L'appartement de Matilda Wide cédait à la modernité. Des chaises métalliques aux formes bizarres jusqu'à la cuisine équipée avec le matériel le plus récent, la jeune femme avait adopté les tendances les plus pointues du mobilier contemporain. Aux murs, des photos d'athlètes brandissant leur médaille conquise aux jeux Olympiques ou captés en plein effort par l'œil de l'objectif.

— Asseyez-vous, messieurs. Si vous voulez un peu de thé chaud, j'ai une machine qui en produit en deux minutes.

— Ce ne sera pas nécessaire, mademoiselle. Pardonnez-moi d'être brutal, mais êtes-vous bien l'amie de Nevil Wards, étudiant à Worcester College ?

— Nevil est mon amant, déclara Matilda Wide avec spontanéité. Il lui est arrivé malheur ?

— Rassurez-vous, Nevil Wards se porte très bien.

— Tant mieux ! C'est un chic type, ce que j'appellerais un vrai mâle. Dommage qu'il ne fasse pas beaucoup de sport. Il doit terminer ses études, le pauvre, et décrocher un diplôme. Moi, côté études, j'ai renoncé ! J'ai pourtant porté le chemisier blanc, la cravate, la jupe, les bas et les souliers noirs, la toge et le petit béret carré des demoiselles d'Oxford. Mes professeurs me jugeaient idiote et incapable, et je crois qu'ils avaient raison. L'université m'a quand même permis de découvrir la course à pied. C'est devenu une vraie passion et, dans ce domaine-là, je suis douée !

— Considérez-vous M. Wards comme votre fiancé ?

— Vous plaisantez, inspecteur ! Nevil est un excellent amant et nous passons ensemble des moments formidables, mais ça ne durera pas. À notre âge, on n'a pas envie d'être prisonniers l'un de l'autre.

— Le matin du 22 décembre, Nevil Wards est-il venu chez vous ?

Hésitante, la jeune femme se suça l'index de la main droite.

— Oui, il est venu. C'est moi qui le lui ai demandé, car il devait quitter Oxford pour quelques jours avec son ami Giles. Ça m'embêtait un peu, pour être franche. Une si longue abstinence, ce n'est pas mon style.

— À quelle heure Nevil Wards est-il arrivé et combien de temps avez-vous passé ensemble ?

— Je n'ai pas de montre et je ne regarde jamais l'heure, inspecteur. Je ne me sers que d'un chronomètre pour mesurer mes progrès en demi-fond. Je me souviens qu'il neigeait et que nous avons passé un bon moment ensemble, dans un lit bien chaud. Pour être sincère, on n'a pas vu le temps passer !

La jeune femme attrapa un sucre d'orge et commença à le mastiquer.

— Je vais quand même me faire du thé. Vous n'en voulez vraiment pas ?

— Sans façon.

Higgins ne pouvait pas avouer qu'il était le seul sujet de Sa Gracieuse Majesté à détester la boisson nationale. Cette fois, il évitait le pire sans trop de difficultés.

Deux minutes et cinq secondes plus tard, la jeune femme sortit de sa cuisine avec une tasse design, remplie d'un breuvage brûlant.

Ni Higgins ni Marlow n'avaient repéré de chaise sur laquelle on pût s'asseoir.

— Dites-moi, inspecteur, tout va bien pour Nevil, mais vous évoquiez quelque chose de grave ! De quoi s'agit-il ?

— D'un assassinat.

Surprise, Matilda Wide s'assit en tailleur sur sa moquette vert pomme.

— Qui a-t-on tué ?

— Thomas Duke.

— L'un des deux *proctors* d'Oxford ! Quel affreux bonhomme, cruel, injuste et persécuteur ! Il détestait les étudiants et ne songeait qu'à les poisser, comme on dit entre nous. Sa disparition ne me cause vraiment aucune tristesse. Comment peut-on supporter l'existence de ces *proctors* et de leurs bulldogs, qui se comportent comme de véritables soudards ! On n'est tout de même plus au Moyen Âge, et nous devrions avoir la liberté de nous promener dans les rues toute la nuit si nous en avons envie.

— Auriez-vous eu à subir des sanctions de la part de M. Duke ?

— J'ai toujours réussi à échapper à ses chiens de garde ! Si vous voulez vraiment arrêter l'assassin, j'aime mieux vous prévenir : vous avez du pain sur la planche, car il y a autant de suspects que d'étudiants à Oxford !

— Pour le moment, déclara Higgins, nous nous limitons à deux personnes : Nevil Wards et Giles Plight.

— Pourquoi ça ?

— Parce que le cadavre de Thomas Duke a été retrouvé dans la chambre qu'occupent ces deux étudiants de Worcester College.

D'un geste incontrôlé, la jolie brune renversa sa tasse.

— Là, inspecteur, vous bluffez !

— Malheureusement non, mademoiselle.

— Vous accusez de meurtre Nevil et son copain ?

— Nous n'en sommes pas là.

Les yeux noisette de Matilda Wide se firent inquisiteurs.

— Maintenant, je comprends mieux le sens de vos questions ! Vous vouliez vérifier l'alibi de Nevil, c'est ça ? Eh bien, il était avec moi, dans mon lit !

— Vous n'êtes guère précise sur l'heure.

— Si je l'étais, vous mettriez mon témoignage en doute ! Deux jeunes amants peuvent-ils se préoccuper de l'horaire ? Nous étions ensemble, voilà tout. Nous ne dressons pas une comptabilité de nos minutes amoureuses.

Higgins prit des notes dans son carnet noir.

— Qu'est-ce que vous écrivez ?

— J'ai une mauvaise mémoire, mademoiselle, et je ne voudrais pas déformer vos propos.

— Alors, inspecteur, enregistrez bien ceci : Nevil est un garçon formidable, et personne n'a le droit de le suspecter de meurtre. Moi, j'ai un père milliardaire et je peux mener ma vie comme je l'entends, car je serai toujours à l'abri du besoin. Lui, c'est un orphelin qui a réussi à entrer à Oxford. Maintenant, il doit faire ses preuves, décrocher ses diplômes et démontrer que seule compte la valeur personnelle. C'est vraiment le dernier qui aurait eu l'idée de s'attaquer à un *proctor* !

— En diriez-vous autant de son camarade Giles Plight ?

La jeune femme se leva et croqua dans un bâtonnet de réglisse.

— Celui-là, je ne peux pas le supporter ! Il est tout le contraire de Nevil, qui est parfois trop autoritaire, mais toujours franc et direct. Giles Plight, c'est le bon élève type. Il ne s'occupe que de son travail, ignore le monde extérieur. Un sale petit bûcheur, une bête à concours qui marmonne ses vers latins à longueur de journée. Je suppose qu'il rêve même en latin. Ce genre de type est forcément une sainte nitouche et un hypocrite.

— Pourquoi pas... un assassin ?

— Je n'ai pas dit ça ! S'il y a un étudiant qui respecte le règlement à la lettre, c'est bien Giles Plight ! S'il avait été pris en flagrant délit de je ne sais quoi par un bulldog et puni par le *proctor*, il serait mort d'une crise cardiaque.

— Vous êtes-vous déjà heurtée à M. Plight ?

— Nous nous ignorons, et ça vaut mieux pour lui. Si je lui avouais ce que je pense de son attitude, il rentrerait sous terre.

— Il est pourtant le meilleur ami de Nevil Wards.

— Nevil l'aime beaucoup, c'est vrai, mais tout le monde peut se tromper. Je tente de le mettre en garde, il ne m'écoute pas.

— Êtes-vous déjà entrée dans leur chambre à Worcester College ?

Matilda Wide éclata de rire.

— Vous êtes à Oxford, inspecteur, et je suis une fille ! D'accord, il y a maintenant des collèges de filles, et nous n'apparaissons pas obligatoirement comme des sorcières prêtes à envoûter l'élite de la nation. Tout de même, m'introduire dans la chambre de deux étudiants de Worcester College, ce serait les condamner à une sorte d'infamie qui rejaillirait sur leurs études.

— Appréciez-vous l'empereur Auguste ?

La question prit la jeune femme au dépourvu.

— Sur quel pays règne-t-il ?

— Il est mort depuis un certain temps.

— Ah oui, le Romain qui voulait être le maître de l'univers ! Je me souviens vaguement... Eh bien, qu'il reste mort. Le passé ne m'intéresse pas le moins du monde. Je m'impose des conditions d'entraînement plutôt dures pour passer du rang de bonne athlète universitaire à celui de gagnante du championnat de Grande-Bretagne. J'ai un rêve, inspecteur, un seul rêve, un rêve immense : participer aux jeux Olympiques, avec des athlètes venus du monde entier. Ça, c'est la vraie fête ! Je m'en sens capable, mais il faut travailler, beaucoup travailler, hiver comme été. C'est pourquoi je dévore une tonne de miles par jour, sur tous les terrains. Après, la piste du stade, c'est du gâteau ! Et pourquoi pas une médaille d'or ?

— Si Wards et Plight sont hors de cause, avança Marlow, pourquoi Thomas Duke a-t-il été assassiné dans cette chambre, à votre avis ?

La jolie brune devint songeuse.

— Comment voulez-vous que je le sache ? En tout cas, l'endroit a été mal choisi, car on ne peut vraiment pas les accuser d'une telle horreur, ni l'un ni l'autre !

— Nevil Wards bénéficie de l'aide d'un *don* nommé Adam Lamford, indiqua Higgins. Le connaissez-vous, mademoiselle ?

— J'ai eu l'occasion de le croiser, deux ou trois fois, et je m'en suis écartée comme s'il était porteur de la peste ! C'est un type trouble et vaniteux, qui ne parle que de sa science, alors qu'il pense à tout autre chose.

— À quoi donc, mademoiselle ?

— Il suffit de voir ses yeux une seule fois : Lamford est un coureur de jupons, et de la pire espèce. Celle qui ne songe qu'à son plaisir.

— Est-ce une simple impression, ou possédez-vous des preuves ?

— Sur ce terrain, inspecteur, faites confiance à une femme.

— M. Lamford vous aurait-il importunée ?

— S'il avait osé m'approcher, je lui aurais arraché les yeux !

— Comptez-vous séjourner à Oxford les jours prochains ?

— Bien entendu ! C'est ici que je m'entraîne l'hiver. Pendant les périodes de congé, la ville est calme et la campagne est toute à moi. C'est maintenant que se gagnent les futures compétitions.

— À bientôt, mademoiselle.

— Devons-nous… nous revoir ?

— C'est probable.

— 12 —

En retournant sur le lieu du crime, à Worcester College, Higgins et Marlow avaient constaté que les deux étudiants s'étaient tout bonnement mis au travail. Selon l'œil exercé de l'ex-inspecteur-chef, aucun rangement dans la pièce.

Les deux policiers obtinrent le renseignement désiré : l'adresse d'Adam Lamford, qui logeait à Merton College.

D'après Wards, son *don* était absent en cette période de congé, mais Higgins voulut en avoir le cœur net.

Trois collèges se disputaient l'honneur d'être le plus ancien d'Oxford : Balliol College, University College et Merton College. Bien entendu, les professeurs de ce dernier possédaient toutes les preuves de leur primauté, contestée par des adversaires de mauvaise foi. La question n'était pas tranchée et nécessiterait de longs débats entre historiens qui ne s'entendraient jamais, puisqu'ils n'appliquaient pas les mêmes critères.

Fondé en 1264, Merton College s'enorgueillissait d'être le premier établissement à avoir obtenu des statuts en bonne et due forme. Chancelier de Henri III, évêque de Rochester, Walter de Merton avait été un homme d'Église et un politicien très influent. Interdisant aux religieux de son collège de devenir moines, le fondateur avait laissé se développer une pensée progressiste qui, selon certains, aurait frôlé l'hérésie. Mais Merton College avait survécu et, avec son allure médiévale, continuait d'être l'un des plus remarquables d'Oxford. Sa tour de style gothique, pourvue d'un surprenant toit de pierre, dominait la plus ancienne et la plus grande des chapelles de la ville. C'était là que s'était réfugiée Henriette de France, l'épouse de Charles Ier, pendant l'atroce guerre civile. Ces mauvais souvenirs oubliés, l'on ne songeait plus qu'à étudier dans ce cadre austère et digne.

Les deux policiers furent accueillis par un gardien imbu de ses fonctions.

— Nous aimerions savoir si Adam Lamford se trouve ici, dit Scott Marlow.

— Je ne suis pas autorisé à donner aux étrangers des renseignements sur les professeurs.

— Et à Scotland Yard ?

— Le cas ne s'est pas encore présenté.

— Résolvez rapidement votre problème, mon brave, sinon vous terminerez la journée au poste.

— Euh... M. Lamford est bien ici.

— Conduisez-nous à son bureau.

Le bureau d'Adam Lamford était à l'image de Merton College : austère et médiéval.

Quant à l'érudit, il avait un visage un peu enfantin, dévoré par de grosses lunettes rondes et des cheveux mal peignés. Il portait un costume de laine épaisse.

Dès l'entrée des deux policiers, il se leva avec nervosité, tel un diable jaillissant de sa boîte.

— Messieurs, je suis désolé de ne pouvoir vous recevoir. Qui que vous soyez, je suis très occupé et je...

— Superintendant Marlow et inspecteur-chef Higgins. Vous aurez bien une petite minute à nous consacrer ?

L'universitaire parut désemparé.

— Scotland Yard à Merton College ! Pour quelle raison ?

— Tranquillisez-vous, précisa Higgins, votre collège n'est pas en cause.

— C'est un grand soulagement ! Mais alors...

Le gardien s'éclipsa. Marlow vérifia qu'il s'était bien éloigné et n'avait pas collé son œil au trou de la serrure.

— Nous devrions nous asseoir dans le petit salon où je reçois mes étudiants, suggéra Adam Lamford.

Trois fauteuils de cuir et une table basse couverte d'ouvrages scientifiques.

— Un verre d'eau minérale, messieurs ?

Les deux policiers acceptèrent.

— Officiellement, déclara Adam Lamford, passablement agité, je ne me trouve pas à Oxford. J'ai laissé croire à mes collègues que je partais en congé, afin d'être tout à fait tranquille et de terminer un article sur la dernière année de règne d'Auguste. Quel empereur fascinant ! Sans lui, la barbarie aurait déferlé sur l'Occident. Quand on pense qu'un général courageux comme Marc Antoine a sombré dans les bras d'une Orientale, quelle déchéance pour un Romain ! Octave, lui, a su résister à l'attrait du stupre, parce qu'il portait en lui le futur empereur Auguste.

— Vous vous trouviez donc à Oxford trois jours avant Christmas ? demanda Higgins.

— Je n'ai pas quitté ce bureau depuis une semaine, j'y ai pris de rapides repas et j'y ai dormi. Cet article marquera un tournant dans ma carrière scientifique, et je dois peser chaque mot pour qu'aucune critique ne me soit adressée. Entre érudits, inspecteur, on est plutôt féroces et l'on n'hésite pas à s'envoyer des flèches parfois mortelles.

— « Mortelles », souligna Scott Marlow : le terme n'est-il pas un peu fort ?

— Certes pas, superintendant ! J'ai vu des collègues ne pas se remettre d'attaques perfides et renoncer à la recherche.

— Depuis que vous vous êtes volontairement enfermé dans ce bureau, demanda Higgins, avez-vous vu quelqu'un ?

— Personne, inspecteur. Quand on travaille dans un domaine aussi pointu, il ne faut surtout pas être dérangé. Le maximum de concentration est nécessaire. J'ai dû retraduire des textes particulièrement ardus et consulter toute la documentation à notre disposition. Vous n'imaginez pas ce travail d'Hercule ! Encore deux ou trois jours de labeur acharné, et je crois que je marquerai un point important.

— Espérez-vous devenir rapidement professeur, monsieur Lamford ?

— Bien sûr, inspecteur, mais je sais que ce ne sera pas facile. C'est pourquoi je dois me montrer brillant, tant dans mon enseignement que dans ma recherche.

— Vous êtes *don*, n'est-ce pas ?

— C'est une excellente coutume oxfordienne.

— Qui est votre élève ?

— Nevil Wards. Pourquoi cela intéresse-t-il Scotland Yard ?

— Parce qu'un crime vient d'être commis à Worcester College.

— 13 —

Adam Lamford s'agrippa aux accoudoirs de son fauteuil.

— Worcester College : c'est là que réside mon élève, Nevil Wards ! Voulez-vous dire que le malheureux a été...

— Non, ce n'est pas lui la victime, mais Thomas Duke.

L'universitaire sembla au bord du malaise.

— Le *proctor* Thomas Duke ! C'est bien lui dont vous parlez ?

— Hélas ! oui.

— C'est abominable, inspecteur, horrible ! Un *proctor* assassiné... Jamais Oxford n'a connu une telle tragédie ! Thomas Duke, un homme droit et juste, respecté de tous, un des piliers de l'université.

— L'un de vos amis ?

— Oh non, inspecteur ! Je ne le connaissais que de vue. Sa réputation était excellente, et chacun le considérait comme un parfait *proctor*. Ce meurtre est inexplicable, complètement inexplicable. Mais pourquoi me parliez-vous de Nevil Wards ?

— Parce que Thomas Duke a été assassiné dans le logement qu'il occupe avec Giles Plight.

— Mon Dieu ! Voulez-vous dire que Wards serait l'auteur de ce crime ?

— Pour le moment, aucune preuve ne l'accuse formellement. Vous connaissez bien cet étudiant, monsieur Lamford ; que pensez-vous de son caractère ?

L'universitaire prit un air pincé.

— Je dois d'abord vous indiquer dans une déclaration préliminaire que je n'ai pas choisi Nevil Wards comme élève. On me l'a attribué d'office, et je me suis incliné, naturellement. Wards n'est pas bête, il a de l'ambition. Mais il est plutôt entêté, parfois impoli, et ne manifeste pas de dons éclatants pour la langue latine. S'il veut décrocher un diplôme, il devra batailler ferme et ne pas ménager ses efforts.

— J'ai l'impression que vous n'éprouvez guère d'estime pour votre élève.

— Wards est un étudiant qui ne se situe pas dans le peloton de tête. J'aurais préféré un sujet plus brillant, je l'avoue. Néanmoins, je fais correctement mon travail et, s'il échoue, je ne me considérerai pas comme responsable.

— A-t-il eu à subir les foudres du *proctor* Thomas Duke ?

— Non, inspecteur.

— Le jeune Wards est donc plutôt un garçon rangé et sérieux.

— Malheureusement non.

— Pour quelle raison, monsieur Lamford ?

— Je viens d'avoir trente ans et je comprends qu'il faut que jeunesse se passe, mais tout de même ! Un étudiant d'Oxford devrait avoir un comportement moins… dépravé.

— Pourriez-vous être plus clair ?

— Wards s'est acoquiné avec une demoiselle qui a abandonné ses études pour se consacrer à l'athlétisme. C'est complètement ridicule ! Une jeune femme qui passe sa vie à courir pour battre des records, quelle injure à la vie culturelle d'Oxford, à son passé, à son destin ! Je suis persuadé qu'elle exerce une très mauvaise influence sur le jeune Wards et qu'elle l'empêche d'étudier avec davantage d'ardeur.

— Cette demoiselle se nomme bien Matilda Wide ?

L'universitaire ouvrit de grands yeux étonnés.

— L'auriez-vous déjà rencontrée ? C'est une personne épouvantable, tout à fait épouvantable. Elle est extrêmement désagréable et vulgaire. Nos rares contacts ont été tout à fait désastreux. Je suis incapable de comprendre pourquoi une jeune femme peut tomber si bas.

— Êtes-vous marié ?

— Bien sûr que non, inspecteur ! Ma seule passion, c'est le siècle d'Auguste. Quand on a la chance de traiter un sujet d'une telle ampleur, on ne s'éparpille pas dans de stupides amourettes, et l'on accepte l'ascèse nécessaire pour être digne de la culture latine.

Higgins consulta son carnet noir.

— C'est un peu gênant, je le reconnais, mais Mlle Wide vous accuse, selon sa propre expression, d'être un… « coureur de jupons ».

— C'est une calomnie abominable, messieurs ! Provenant de la bouche d'une personne si médiocre, elle ne me surprend pas. À quoi songe cette jeune femme, sinon aux plaisirs les plus bas ? Comme sa pensée ne s'élève pas plus haut, elle attribue à tout un chacun ses déplorables penchants. Puisque vous prenez des notes, inspecteur, et je vous en félicite, reproduisez ma déclaration mot pour mot. Quand le moment sera venu, et s'il le fallait dès cet instant, je la répéterai devant mon Créateur avec la conviction de l'innocence et de la vertu.

Adam Lamford plaça sa main droite sur son cœur, et leva légèrement le regard vers l'infini.

— C'est étrange, confessa Higgins, j'ai le sentiment que vous avez d'autres reproches à adresser à votre élève.

L'universitaire but son verre d'eau.

— Il ne faudrait rien exagérer, inspecteur. Je ne crois pas que Wards soit un mauvais garçon. Peut-être se trompe-t-il en s'engageant sur l'étroit sentier des études latines. Ce sentier est réservé à une élite dont il ne fera probablement pas partie. S'il était raisonnable et lucide, il bénéficierait de l'expérience acquise et se consacrerait à une activité matérielle plus en rapport avec ses capacités.

— Lui en avez-vous touché un mot ?

— C'est délicat. Wards vient d'un milieu modeste, Oxford est une sorte de paradis inaccessible pour les gens de son espèce, il a réussi à en forcer les portes. Lui faire admettre qu'il ne pourra pas y rester nécessite un doigté que je ne possède sans doute pas. D'autres ont moins de délicatesse que moi. C'est sans doute la raison pour laquelle Wards s'est violemment querellé avec Stephen Oseney.

— 14 —

Higgins tourna une page de son carnet noir.

— Stephen Oseney est un étudiant d'Oxford, je présume ?

— Exactement, inspecteur, mais pas n'importe lequel ! Sa famille est très riche, et Stephen est un personnage brillant, dont les dons intellectuels sont remarquables. Certes, il est plutôt incontrôlable, et a la fâcheuse tendance de se moquer de tout le monde. Lorsqu'on possède ses dons, c'est un peu compréhensible. Demain, il sera l'un des hommes les plus influents de ce pays, personne n'en doute. Oxford n'est pour lui qu'un lieu de passage où il apprend à mettre en forme ses idées. Demain, il s'engagera dans la finance et dans les affaires, et probablement dans la politique. Ce garçon a la carrure d'un futur Premier ministre.

— Vous évoquiez une querelle avec Nevil Wards.

— Une scène pénible, qui s'est déroulée sous le pont des Soupirs de Hertford College, à la tombée de la nuit, il y a deux mois environ, et dont j'ai été le témoin accidentel. Les deux garçons s'apostrophaient violemment et menaçaient d'en venir aux mains. Ils sont aussi charpentés l'un que l'autre, et l'altercation aurait pu se transformer en pugilat. Il était de mon devoir d'intervenir en les rappelant à la nécessaire dignité d'un étudiant d'Oxford.

— Vous ont-ils écouté ?

— Par bonheur, oui !

— Quelle était la cause de cette querelle ?

— Je l'ignore, inspecteur.

— Les avez-vous interrogés ?

— C'eût été déplacé. J'avais fait mon devoir, il ne m'appartenait pas de m'occuper de leurs problèmes privés. Je les ai néanmoins priés de ne plus se livrer à ce genre d'excentricités.

— Quelle a été leur réaction ?

— Wards m'a paru plutôt sombre, Oseney s'est amusé de l'incident.

— Aucun écho, par la suite ?

— Aucun, inspecteur.

— Nevil Wards a au moins un ami sincère, fit observer Higgins.

— Le jeune Plight... Oui, vous avez raison. C'est un étudiant de premier ordre. Confidentiellement, ses professeurs ne tarissent pas d'éloges sur son compte, tant il est brillant, studieux et consciencieux. Giles Plight est l'un des meilleurs espoirs d'Oxford dans le champ des études latines. S'il persévère sur la voie qu'il s'est tracée, il deviendra un remarquable professeur. Je comprends mal, je l'admets, pourquoi il a accordé son amitié à un étudiant médiocre comme Wards. Une erreur de jeunesse.

— Êtes-vous intervenu pour la rectifier ?

— Plight n'est pas mon élève et je n'ai pas à lui dicter sa conduite. Je pense qu'il est assez intelligent pour s'apercevoir bientôt que son amitié pour Wards est une impasse. Il est fréquent que des jeunes gens de sa qualité soient trop influençables. La pratique d'une science rigoureuse, telle la grammaire latine, lui remettra peu à peu les idées en place. Avec davantage de maturité, Plight deviendra un homme accompli et un savant émérite.

Higgins consulta ses notes.

— Un détail me trouble, monsieur Lamford.

— Lequel, inspecteur ?

La gorge sèche, l'érudit se servit un nouveau verre d'eau qu'il but trop vite, au point de s'étrangler.

— Pardonnez-moi, le surmenage me rend nerveux. Cet article est tellement important pour la suite de ma carrière !

— Avant d'habiter dans ce collège, où résidiez-vous à Oxford ?

— Le passé est le passé, inspecteur. Aujourd'hui, Merton College est mon collège, et je ne veux plus entendre parler d'un autre établissement. C'est ici que ma réputation grandit, c'est à Merton College que je connaîtrai la notoriété.

— Je vous le souhaite, mais j'aimerais néanmoins davantage de précisions sur votre passé oxfordien.

— J'ai étudié quelque temps dans un autre collège, je l'avoue, mais quelle importance ?

— Lequel ?

— Je ne veux pas faire de mystères, inspecteur, mais ce n'est vraiment qu'un détail sans intérêt et une période de mon existence que je désire oublier. Elle n'a pas été particulièrement agréable, car je ne me plaisais pas dans cet endroit. Aujourd'hui, tout est arrangé, et je suis devenu un membre influent de Merton College.

— Le premier collège où vous avez résidé ne serait-il pas Worcester College ?

L'érudit serra son verre jusqu'à le casser.

— C'est un bel endroit, mais il ne me convenait pas. Nous avons tous notre tempérament, notre sensibilité, et l'accord avec un lieu est inexplicable. J'admets que l'on se sente en parfaite harmonie avec Worcester College. Ce n'était pas mon cas.

— Dans quelle chambre logiez-vous ?

— Une chambre d'étudiant.

— J'entends bien, monsieur Lamford, mais soyez plus précis.

— C'est si loin !

— Vous avez occupé le logement où résident actuellement Nevil Wards et Giles Plight, n'est-ce pas ?

— Tiens, je n'y avais même pas pensé !

— N'avez-vous pas laissé dans cette pièce un souvenir de votre passage ?

— Je... je ne me souviens pas.

— Faites un effort, monsieur Lamford.

— Je suis fatigué, et c'est si loin !

— Je vais vous aider : il s'agit d'un objet en rapport avec votre empereur préféré.

L'érudit était blême.

— Ah oui, je vois : une statuette en bronze, d'assez jolie facture. Ce n'était qu'une copie, mais je prenais plaisir à la regarder. D'une certaine manière, elle m'aidait à étudier. Je l'avais achetée pour une somme très modique à un marchand ambulant et, quand j'ai quitté Worcester College, j'en ai fait cadeau à l'établissement.

— Sans aller jusqu'à dire que ce bronze était votre fétiche, pourquoi l'abandonner ainsi ?

— Ni fétiche ni porte-bonheur, inspecteur ! Un simple objet qui avait marqué une période de mon existence, période désormais révolue.

— Peut-être avez-vous acquis un bronze authentique qui vous rendait la copie insupportable.

— 15 —

Comme asphyxié, Adam Lamford passa l'index entre son cou et le col de sa chemise.

— Qui vous a dit ça, inspecteur ?

— Simple intuition.

— C'est vrai, j'ai eu l'occasion d'acheter un authentique petit buste de l'empereur Auguste. Du moins, j'espère pouvoir démontrer, dans l'avenir, qu'il s'agit bien de lui, car l'identification est contestée. Si j'ai raison, ce sera une belle trouvaille, et je ferai une publication qui aura un grand retentissement.

— Pourriez-vous nous montrer cette œuvre ?

— J'aimerais que vous n'en parliez à personne, inspecteur.

— Si ce bronze n'a aucun rapport avec notre enquête, il ne sera pas mentionné.

— Me voilà rassuré ! Eh bien, messieurs, préparez-vous à vivre l'un de ces chocs esthétiques que l'on n'oublie pas.

Adam Lamford se leva et marcha nerveusement jusqu'à son bureau. Il sortit une clé de la poche droite de son pantalon et ouvrit un tiroir profond. Il en extirpa religieusement une statuette en bronze et la présenta aux hommes du Yard.

— N'est-ce pas une pure merveille, messieurs ?

Higgins, qui n'était pas amateur d'art romain et encore moins spécialiste de l'époque d'Auguste, dut faire appel à quelques souvenirs pour constater que le bronze évoquait assez bien, en effet, les traits de l'empereur.

Adam Lamford s'enflamma.

— Le modelé du visage, la qualité de la sculpture, l'intensité du regard, c'est une œuvre authentique, et c'est bien Auguste ! Pris isolément, cent détails plaident en faveur de l'identification. Ensemble, ils forment une preuve irréfutable. Je dois patienter avant de présenter ce petit chef-d'œuvre à la communauté scientifique. Mon article d'abord, et ensuite cette découverte !

Marlow et Higgins examinèrent de près la statuette. Le bronze était lisse, sans aucune tache suspecte.

— J'ai un ami qui est passionné par ce type d'œuvres, indiqua Higgins ; si vous acceptiez de me la confier quelques heures, il pourrait conforter votre opinion.

Adam Lamford se raidit.

— Hors de question, inspecteur ! Je n'ai besoin de personne pour démontrer la validité de mon hypothèse et je ne me séparerai jamais de ce buste d'Auguste !

Comme s'il se sentait menacé, l'érudit remit l'empereur dans le tiroir de son bureau et le ferma à clé.

— Connaissez-vous le nom du collège où réside Stephen Oseney ? demanda Higgins.

— New College. Un excellent établissement, moins brillant que Merton, certes, mais tout de même remarquable. Vous n'y trouverez pas Oseney, qui a dû partir en vacances à l'autre bout du monde. Inspecteur…

— Oui, monsieur Lamford ?

— Je dois vous avouer que je ne saisis pas encore l'ampleur du drame dont vous venez de m'informer. Un *proctor* assassiné dans un collège d'Oxford, c'est tellement inconcevable ! J'ai l'impression de vivre un cauchemar.

— C'est malheureusement l'atroce réalité, et nous avons le devoir d'identifier l'assassin, quel qu'il soit.

— Il ne peut s'agir ni d'un étudiant ni d'un professeur, j'en suis persuadé.

★

Comme la neige avait cessé de tomber et que la température était tout à fait propice à une promenade, Higgins et Marlow se rendirent à pied de Merton College à New College. Les ruelles du vieil Oxford étaient étroites et peu adaptés à la circulation automobile. De plus, l'ex-inspecteur-chef prenait ainsi le pouls de la cité. Marlow n'aimait pas trop marcher mais, au moins, ce n'était pas la campagne et ses sentiers boueux.

— Les érudits d'Oxford sont-ils tous aussi déjantés ?

— C'est une espèce à part, superintendant. Ils sont enfermés dans leurs recherches et perdent parfois tout contact avec le monde extérieur. Un jour ou l'autre, il revient en force, et le réveil est parfois douloureux.

— Je pense que vous avez eu la même idée que moi : cet adorateur de l'empereur Auguste possède peut-être l'arme du crime. Nous aurions pu le contraindre à nous remettre ce bronze.

— Lamford y est tellement attaché qu'il se serait battu, aurait appelé au secours, porté plainte, et je ne sais quoi d'autre. Supposez que l'expertise démontre que ce buste ne comporte aucune trace du sang de la victime : les journaux seraient remplis du récit des exactions et des brutalités de Scotland Yard, et l'enquête serait bloquée.

— Et si ce bronze est bien l'arme du crime ? Il faut absolument que le laboratoire l'examine !

— Si des traces du crime subsistent malgré un éventuel nettoyage, la police scientifique les repérera. Dans un premier temps, faites surveiller les faits et gestes de Lamford afin d'éviter qu'il ne quitte Oxford avec Auguste.

— Serait-il assez stupide pour signer ainsi son crime ?

— Sait-on jamais ?

Marlow savait que les bonnes vieilles méthodes ont parfois du bon, surveillance et filature en faisaient partie.

— Si Lamford est l'assassin, remarqua le superintendant, pourquoi détestait-il Thomas Duke ?

— Question essentielle, reconnut Higgins, à laquelle nous ne pouvons pas encore répondre.

— Il faut être particulièrement machiavélique pour faire peser les soupçons sur deux étudiants !

— Je suis curieux de savoir si, par hasard, Stephen Oseney serait resté à Oxford.

— 16 —

En dépit de son nom, New College, le « nouveau collège », avait été fondé en 1379. Au-dessus de son imposant portail trônaient l'évêque fondateur, l'archange Gabriel et la Vierge Marie. Placés sous une telle protection, les étudiants de New College pouvaient espérer une belle carrière.

Leur cadre de travail appartenait au plus pur passé oxfordien : une chapelle avec des vitraux, un ravissant petit cloître qui, les soirs d'été, se transformait en théâtre où les étudiants jouaient des comédies de Shakespeare, un réfectoire aux boiseries anciennes qui ne comportait pas de cheminée puisque, jadis, on allumait le feu au milieu de la pièce. La fumée sortait par une ouverture ménagée dans le plafond.

New College bénéficiait d'un privilège qui faisait encore des envieux : sur deux côtés du jardin se dressaient des murs du XIIIe siècle, vestiges des fortifications d'Oxford. Tous les trois ans, le lord-maire avait l'obligation de vérifier s'ils étaient en bon état.

Le gardien était, lui aussi, tout à fait traditionnel, et n'aimait pas beaucoup donner des renseignements aux étrangers. Mais « Scotland Yard » était un sésame efficace, et le préposé à la sécurité du collège révéla aux policiers que Stephen Oseney avait quitté la ville au début du congé universitaire, avant de revenir récemment à New College.

Il conduisit Higgins et Marlow à la chambre de l'étudiant.

*

Stephen Oseney ne craignait pas d'afficher sa fortune.

D'abord, un logement individuel, avec une grande chambre, un vaste bureau-bibliothèque et un salon plus petit, mais cossu. Ensuite, un mobilier Regency d'une parfaite élégance. Enfin, quelques tableaux de petits maîtres anglais et flamands du XVIIIe siècle, consacrés à des scènes de la vie des champs ou aux activités artisanales.

Sur le seuil du domaine de l'étudiant, qui avait vite ouvert sa porte comme quelqu'un qui s'attendait à une visite, Higgins perçut une volonté de prouver qu'il n'était pas un étudiant comme les autres et que, pour lui, l'existence ne serait pas un enfer pavé de difficultés.

— Vous désirez, messieurs ?

— Inspecteur Higgins et superintendant Marlow. Nous aimerions nous entretenir avec vous.

— Pour quelle raison ?

— Un meurtre.

Stephen Oseney était un authentique play-boy, grand, beau, presque toujours bronzé en raison de ses fréquents séjours dans les mers du Sud. Au cinéma, il aurait été un jeune premier idéal, à la fois athlétique, charmeur et un rien ténébreux. Sa chemise bleu pâle et son pantalon anthracite au pli impeccable sortaient évidemment des meilleures boutiques de Londres où l'on travaillait sur mesure et sans la moindre erreur.

— Un meurtre, répéta Stephen Oseney dont le sang-froid n'avait pas été entamé. Qui a-t-on tué ?

— Le *proctor* Thomas Duke.

— C'est fâcheux. Je n'ai pas tellement surfé sur le Net ces derniers temps.

— Les réseaux sociaux n'ont pas encore révélé son nom.

— Nous pourrions peut-être entrer, proposa Higgins.

— Je ne vois pas comment je pourrais vous être utile, mais si vous y tenez...

Décontracté, l'étudiant s'assit dans un fauteuil et croisa les jambes.

— Pour être franc, messieurs, je vous avouerai que cette fonction de *proctor* est à la fois désuète et amusante ! Il est bon qu'une institution comme Oxford conserve ses traditions, même si elles sont un peu ridicules. Thomas Duke était le *proctor* idéal : il croyait vraiment à sa tâche et vivait encore au Moyen Âge. Le remplacer ne sera pas facile.

— Auriez-vous eu maille à partir avec lui, monsieur Oseney ?

— Moi, inspecteur ? Vous plaisantez ! Même si les sbires de Duke, qu'on appelle les bulldogs, m'avaient surpris dans un bar mal famé en train de vider des chopes de bière, ils auraient évité de me déranger. Je suis un Oseney, et mon père serait intervenu de manière brutale.

Un petit sourire aux lèvres, le jeune homme dévisagea les deux policiers.

— Je sais, mon attitude vous choque, et vous jugez que de tels privilèges sont inadmissibles. En échange, les collèges d'Oxford reçoivent des sommes importantes qui leur permettent de demeurer des phares de la civilisation et de la culture. Et puis je vais vous rassurer : je ne suis pas un mauvais sujet, au contraire. Je vais décrocher des diplômes à la fois en lettres et en sciences, car Oxford doit garder un excellent souvenir de mon passage. C'est indispensable lorsque l'on désire, comme moi, mener une brillante carrière politique. Il me faut un passé impeccable, qui commence par une bonne réputation d'Oxfordien.

— Donc, reprit Higgins, vous n'avez jamais eu l'occasion de rencontrer Thomas Duke.

— Je l'ai aperçu, comme tous les étudiants d'Oxford, lors des grandes cérémonies universitaires. C'était un homme austère, certain qu'il portait sur ses épaules une lourde charge et qui voulait s'en montrer digne.

— Je vous serais obligé, monsieur Oseney, de nous préciser votre emploi du temps ces trois derniers jours.

— 17 —

Furieux, Stephen Oseney se leva et défia Higgins.

— Vous avez le culot de me soupçonner, moi, du meurtre de Thomas Duke ! J'exige des excuses immédiates.

Excédé, Scott Marlow intervint de manière énergique.

— Nous menons une enquête criminelle, jeune homme, et vous avez le devoir de répondre à nos questions. Ce sera ici ou bien au poste de police. À vous de choisir.

Oseney, qui n'avait éprouvé qu'un mépris souverain envers le superintendant à cause de ses vêtements médiocres, fut décontenancé comme un boxeur qui aurait baissé sa garde. L'étudiant prit brusquement conscience qu'il n'avait pas affaire à des valets mais à des policiers de Scotland Yard, qui ne se plieraient pas à ses caprices.

— Il faut comprendre ma réaction, messieurs ! dit-il, un ton plus bas, en se rasseyant et en croisant de nouveau les jambes. Être accusé d'une telle horreur, ça fait un choc !

— Nous ne vous accusons de rien, précisa Higgins. Nous voudrions être informés de vos récentes allées et venues entre Oxford et le monde extérieur.

— Il n'y a rien de mystérieux ! J'avais prévu de partir aux Caraïbes avec des amis, et j'ai donc quitté Oxford le premier jour du congé universitaire. Et puis cette idée m'a ennuyé. J'ai eu envie de rentrer ici et d'avancer mon travail.

— À quelle date précise êtes-vous revenu ?

— Trois jours avant Christmas.

— À quelle heure ?

— Est-ce si important ?

— Je vous en prie, monsieur Oseney.

— Je n'y ai pas pris garde. Entre dix et onze heures.

Le regard de Marlow se durcit.

— Avez-vous un témoin qui pourrait nous donner l'heure exacte à laquelle vous êtes entré dans cette chambre, et qui pourrait nous certifier que vous n'en êtes pas sorti entre neuf et onze heures ?

Le jeune homme parut stupéfait.

— Un témoin... Pourquoi aurais-je besoin d'un témoin ? Je vous ai dit la vérité, ce devrait être suffisant !

Higgins alla de droite et de gauche dans le domaine de l'étudiant. Il constata un certain désordre et s'aperçut, à mille et un petits détails, que Stephen Oseney travaillait bien avec acharnement. Il y avait des dossiers, des classeurs, des fiches, des livres ouverts, d'autres avec des marque-pages. Sur un fauteuil, un gros traité de biologie.

— Vous voulez peut-être vous asseoir, inspecteur ? Un instant.

Oseney ôta le traité avec précipitation et fit tomber sur la moquette de laine un béret carré sans gland.

— Je manque parfois d'un peu d'ordre, et j'oublie de ranger une partie de l'uniforme ! Encore une de ces coutumes désuètes qui font le charme d'Oxford !

— Nous avons entendu dire, avança Higgins, que vous vous étiez querellé sous le pont des Soupirs de Hertford College, il y a deux mois environ, avec un étudiant nommé Nevil Wards.

Stephen Oseney jeta le traité de biologie sur une table basse.

— Qui vous a dit ça ? Ah oui, je sais : c'est forcément ce faux-jeton d'Adam Lamford, le *don* de Wards ! Un grand érudit, sans doute, mais quel sale bonhomme ! Toujours à traîner partout pour épier je ne sais quoi ou je ne sais qui. Il aurait dû entrer dans la police, celui-là !

L'étudiant sentit peser sur lui le regard courroucé de Scott Marlow.

— Oh, pardonnez-moi ! Mes jugements sont parfois un peu précipités.

— Adam Lamford n'est-il pas un redoutable coureur de jupons ?

Stephen Oseney éclata de rire.

— Lui, un bourreau des cœurs ? On voit que vous ne le connaissez pas, inspecteur ! À Oxford, on le surnomme « Auguste » tant il éprouve de passion pour ce tyran romain. Il est aussi glacé que son illustre modèle. Vous vous rendez compte, cet imbécile d'Auguste qui a résisté aux charmes de Cléopâtre l'Égyptienne ? Dans ce domaine-là, Lamford lui ressemble trait pour trait ! À mon avis, aucune femme ne trouvera grâce à ses yeux, et c'est plutôt le genre de type à prendre ses jambes à son cou dès qu'une représentante du beau sexe s'approche trop de lui.

— Est-ce un homme violent ?

— Lamford ? Un mou et un faible. Il a trouvé son bonheur avec son Auguste, et il ferait bien d'y rester attaché, sinon il perdrait vite l'équilibre. Adam Lamford est l'érudit absolu, enfermé dans ses recherches. Il s'est construit un monde qui n'existe pas, un monde artificiel à son image, où il trouve ses points de repère.

— Et cette querelle avec Nevil Wards ?

Stephen Oseney croisa les bras.

Soudain, Marlow vit un futur dirigeant, sec, dur, impitoyable et volontaire. Dans cette posture, Oseney n'avait plus rien d'un jeune étudiant préoccupé par ses examens. Il avait tout gagné et n'entendait pas que l'on discutât ses ordres.

— Cette querelle a bien eu lieu, inspecteur. Je hais ce Nevil Wards. Un sale petit ambitieux et un étudiant médiocre qui fait honte à l'université d'Oxford.

— Avez-vous des reproches précis à lui adresser ?

— Ceux-là ne vous paraissent-ils pas assez précis ? Demandez donc à son *don*, Adam Lamford ! Je suis sûr qu'il doit trépigner de rage en constatant que ses cours de rattrapage sont sans effet. Cette petite teigne de Wards pourra se vanter d'avoir été pensionnaire à Oxford, mais il en sortira sans le moindre diplôme !

— Nevil Wards et vous n'appartenez pas à la même classe sociale, constata Higgins ; vous aurait-il insulté ?

— D’une certaine manière, oui. Son comportement insolent devenait insupportable.

— Vous vous fréquentiez donc ?

— Non, non, pas du tout ! Il passait sous le pont des Soupirs et m’a défié avec arrogance. Dans ma famille, on ne laisse pas passer ce genre d’affront. Si Lamford n’était pas intervenu, j’aurais piétiné ce petit crétin !

— Le nom de Matilda Wide vous est-il familier ?

— 18 —

Stephen Oseney hésita.

— Qui n'en a pas entendu parler à Oxford ? C'est une tête sans cervelle, mais elle a des qualités de coureuse de fond. Si elle persévère, elle ira peut-être aux jeux Olympiques.

— Avez-vous eu l'occasion de la rencontrer ?

— Je l'ai croisée quand elle courait. Ce n'est pas exactement mon type de femme, inspecteur.

— Savez-vous si elle fréquente Nevil Wards ?

— C'est sa maîtresse, tout Oxford en est informé ! Une jolie femelle pour le médiocre Wards, et une belle proie !

— Une liaison tumultueuse, je suppose ?

— En apparence, mais je crois que c'est du cinéma ! En fait, Wards et sa petite amie sont très accrochés l'un à l'autre. De faux amants terribles, et de futurs petits-bourgeois qui fonderont une famille banale.

— Savez-vous à quel collège appartient Nevil Wards ?

— Je m'en moque, inspecteur. Je sais seulement que ce n'est pas à l'honneur du malheureux collège qui l'abrite. À la place de ses dirigeants, je chasserais ce triste individu !

— Nevil Wards réside à Worcester College en compagnie d'un autre étudiant en latin, Giles Plight.

— Plight… J'en ai entendu parler. On murmure que c'est un garçon exceptionnellement doué, d'une parfaite moralité et possédant de vraies qualités de chercheur. S'il partage la chambre de Wards, il doit subir un véritable supplice !

— Un détail qui vous surprendra peut-être, révéla Higgins : le cadavre de Thomas Duke a été découvert dans le logement qu'occupent Nevil Wards et Giles Plight.

Stephen Oseney ouvrit des yeux ronds.

— Et vous cherchez encore le coupable ? C'est Wards, évidemment ! Il a attiré le *proctor* dans un guet-apens et veut faire accuser le malheureux Plight, un étudiant irréprochable !

— Hypothèse envisageable, reconnut Higgins, mais il y a deux inconvénients.

— Lesquels ?

— Le premier résulte de la personnalité même de Giles Plight. Un « étudiant irréprochable », dites-vous. Si cette réputation est méritée, tenter de faire peser sur lui une si grave accusation est une démarche vouée à l'échec. De la part de l'assassin, ce serait une stratégie plutôt légère.

— Qui vous a dit que Wards était intelligent ? Il n'a pas cherché plus loin que le bout de son nez !

Stephen Oseney s'enflamma.

— Voilà votre premier obstacle levé, inspecteur : vous êtes confronté au crime d'une brute. Et le second ?

— Le mobile : pourquoi Nevil Wards aurait-il assassiné le *proctor* Thomas Duke ?

— Il doit bien y avoir un motif... Et vous le trouverez ! De mon côté, je vais fouiner. Si je découvre une piste, je vous en ferai part.

— Vous n'avez donc pas l'intention de quitter Oxford dans les prochains jours ?

— Certainement pas ! J'avance dans mon travail, et les examens arrivent plus vite qu'on ne l'imagine. Comme je me bats dans plusieurs domaines, je n'ai plus le temps de songer aux vacances. Après le succès, prendre du bon temps sera une vraie récompense. Et je ne voudrais pas manquer l'arrestation de cette petite crapule de Wards. Si vous voulez mon avis, il ne tardera pas à se dénoncer.

★

Sis dans St. George Street, le pub The Grapes, coincé entre un magasin de vêtements et un marchand de bicyclettes, était un établissement modeste mais confortable. Boiseries et verre teinté composaient sa façade, surmontée de six petites fenêtres aux montants de pierre que couronnait un fronton triangulaire.

L'intérieur était plutôt coquet : grand comptoir en acajou, banquettes en cuir noir, petites tables aux pieds ouvragés, séparations indispensables pour permettre aux clients de discuter en paix.

Marlow se fia aux plats du jour et commanda du *chili con carne*, des *jacket potatoes*, du jambon et des tomates à la mayonnaise. Higgins se contenta d'une assiette de fromages et d'une salade verte. Une bière brune traditionnelle accompagna les plats.

Le superintendant mangea d'un bon appétit.

— Vous semblez soucieux, Higgins.

— Cette affaire est peut-être beaucoup plus compliquée qu'il n'y paraît.

— Oseney est un personnage odieux, mais il faut admettre que sa théorie n'est pas stupide. Néanmoins, il se montre beaucoup trop coopératif, comme s'il voulait écarter les soupçons de sa propre personne.

— Le coupable qui aide la police : un cas de figure répertorié par M.B. Masters dans son *Manuel de criminologie*, au chapitre 4 de son tome II.

— Oseney est suffisamment sûr de lui pour tenter de nous jouer un tour de passe-passe.

— Puisqu'il a promis de nous aider, attendons les résultats.

La porte du pub s'ouvrit brusquement, laissant entrer quelques flocons de neige.

Une petite femme d'une cinquantaine d'années, aux cheveux grisonnants, vêtue d'un tailleur beige, fit irruption dans l'établissement.

En quelques foulées rapides et décidées, elle parcourut l'intérieur du pub et s'immobilisa à la hauteur des deux policiers.

— Je connais tout le monde à Oxford. Et vous, je ne vous connais pas. Conclusion : vous êtes les deux policiers venus de Londres.

Higgins se leva.

— Vous êtes extrêmement perspicace, chère madame. J'ai l'honneur de vous présenter le superintendant de première classe Scott Marlow.

— Autre conclusion : vous êtes l'inspecteur Higgins. Et moi, je suis Rosamund Stow-Billow, professeure de latin à Oxford depuis un quart de siècle.

— Nous accorderez-vous l'honneur de vous asseoir à notre table ?

L'universitaire regarda autour d'elle.

— Ce n'est pas le genre d'endroit que j'apprécie, mais enfin… L'existence est une longue suite de sacrifices. Je prendrais volontiers un thé avec un nuage de lait et quelques pâtisseries légères.

Rosamund Stow-Billow était légèrement enveloppée, mais ne manquait pas de charme. Bien des jeunes femmes eussent aimé disposer de son visage harmonieux et lisse. Au premier abord, on ne supposait pas qu'elle fût une érudite qui enseignait à des étudiants une matière ardue et absconse.

— Vous désiriez nous voir de toute urgence, supposa Higgins.

— Adam Lamford vient de me téléphoner et de m'avertir que deux policiers de Scotland Yard semaient la panique dans les collèges d'Oxford ! En cette période de congé, les autorités administratives sont absentes, et j'ai jugé de mon devoir d'intervenir sans tarder. Nous sommes une cité universitaire, messieurs, nos collèges sont des havres de paix et de culture, et la police n'a rien à y faire !

— Que vous a confié M. Lamford ?

— Rien de plus que ce que je vous ai dit, mais c'est suffisant pour provoquer une intervention que j'estime indispensable !

— Dans certaines circonstances, madame, Scotland Yard est, lui aussi, contraint d'intervenir, quel que soit l'endroit.

— Et vous prétendez que nous sommes dans ce cas de figure ?

— Ne consultez-vous pas la Toile ?

— Pas ces derniers jours. De plus, l'actualité ne m'intéresse pas.

— Un assassinat vous paraît-il être un motif suffisant pour déclencher l'intervention du Yard ?

Rosamund Stow-Billow observa un long silence.

— Vous voulez dire : un assassinat ici, à Oxford ?

— Le cadavre du *proctor* Thomas Duke a été découvert par Humphrey Holden, gardien de Worcester College, dans la chambre des étudiants Nevil Wards et Giles Plight.

Marlow crut que la professeure de latin allait être victime d'un malaise.

— Ce n'est pas possible, inspecteur, c'est une sinistre plaisanterie !

— Hélas, non, madame.

— Il ne faut pas que cela se sache.

— Le nom de la victime sera bientôt public.

— En ce cas, il convient d'arrêter immédiatement l'assassin et de prouver qu'il n'a aucun rapport, ni de loin ni de près, avec l'université d'Oxford.

— Ne prenez-vous jamais de vacances, madame ? interrogea Higgins.

— Jamais, inspecteur. J'ai eu le grand bonheur de naître à Oxford, d'y faire mes études et d'y devenir professeure. Le terme même de « vacances » m'est insupportable. Pourquoi voyager lorsqu'on se trouve au paradis ? De plus, je prépare actuellement un livre sur les recherches rythmiques du poète latin Térence et, sans vouloir me vanter, je crois qu'il fera date. Il me faut donc procéder à de nombreuses vérifications de détail, et je n'ai pas une minute à moi.

Un serveur apporta du thé et des scones. Rosamund Stow-Billow les regarda avec mépris et se contenta de goûter au breuvage national.

— Il n'y a plus grand monde qui sache faire le thé de nos jours, constata-t-elle avec dépit. Si nos valeurs les plus traditionnelles continuent à s'estomper à cette allure, que restera-t-il de l'Angleterre ? Oxford sera sans doute le dernier bastion à résister. Tant que je serai vivante, je ne permettrai pas aux barbares d'envahir nos collèges !

— Thomas Duke partageait-il vos convictions ? demanda Higgins.

— Il était l'un des plus remarquables piliers de notre tradition universitaire, et c'est sans doute la raison pour laquelle on l'a assassiné.

— Pourriez-vous être plus précise, madame ?

— L'université d'Oxford a été fondée au Moyen Âge, et nombre de ses coutumes s'inspirent de cette époque merveilleuse où l'on savait ce qu'étudier voulait dire. Des maîtres venaient de l'Europe entière rencontrer les étudiants et leur offrir leur savoir. Ici, on avait le temps d'approfondir chaque question. Nos cérémonies de remise des diplômes se déroulent en latin, et je déplore qu'il n'en soit pas de même pour tous les cours. N'était-ce pas la langue de culture par excellence, que tous les érudits comprenaient ? Thomas Duke aimait Oxford et il remplissait une fonction difficile, celle de *proctor*. Certains étudiants et même – j'ai honte de l'avouer – certains professeurs la jugent désuète et souhaiteraient sa suppression. Avec un courage et une constance magnifiques, Thomas Duke luttait contre ces progressistes inconscients. J'étais à ses côtés, comme tous les professeurs d'Oxford dignes de ce nom.

— Soupçonnez-vous un progressiste en particulier ?

— Les attaques viennent de partout, il faut être sans cesse vigilant. Demain, le combat sera encore plus rude. Mais nous sauvegarderons le véritable Oxford.

Rosamund Stow-Billow se leva.

— Cet endroit n'est pas propice à une conversation sérieuse. Je vous convie à me suivre jusqu'à mon bureau.

L'invitation avait la forme d'un ordre.

— 19 —

All Souls College, où se trouvait le bureau de Rosamund Stow-Billow, trônait au cœur d'Oxford, puisqu'il occupait le côté est du square Radcliffe, dominé par la Radcliffe Camera, tout près de la Bodleian Library. Seul collège à ne comprendre que des *fellows*, détenteurs de diplômes d'études supérieures, All Souls College avait été fondé en 1438 par Henry Chichele, archevêque de Canterbury, à la mémoire de toutes les âmes des morts de la guerre de Cent Ans.

Le bureau de Rosamund Stow-Billow, dont les deux fenêtres de style Renaissance donnaient sur le *quad* primitif, de petite taille mais pratiquement intact, était d'une grande austérité. Le bureau et les bibliothèques en acajou, remplies d'œuvres latines et d'études savantes, étaient imprégnés d'une atmosphère studieuse.

La professeure s'assit sur une chaise à haut dossier et convia les policiers à prendre place sur deux petites chaises raides et inconfortables, en face d'elle, comme s'ils étaient ses élèves.

— Le drame s'est donc déroulé dans une chambre d'étudiants de Worcester College, murmura l'universitaire, songeuse. Qui a découvert le corps ?

— Le gardien, Humphrey Holden.

— Ah oui, vous me l'avez déjà dit. J'ai une excellente mémoire, mais cet horrible assassinat me trouble l'esprit. Holden est un brave homme, dévoué à son collège. Le soupçonner n'aurait aucun sens.

— Wards et Plight sont-ils vos élèves ?

— Ce sont tous deux des *undergraduates* ! J'ai eu l'occasion de les avoir à mes cours et d'examiner leurs dossiers. Nevil Wards est paresseux, insolent et dépourvu de tout sens de l'organisation. Il a eu beaucoup de chance d'être admis à Worcester College, mais il n'obtiendra aucun diplôme.

— Le jugez-vous également dépourvu d'intelligence ?

— Certes pas, inspecteur. Je ne comprends pas pourquoi il s'acharne à poursuivre des études pour lesquelles il n'est pas doué et qui ne le mèneront à rien.

— Ne subit-il pas l'influence d'une jeune femme ?

Rosamund Stow-Billow eut un haut-le-corps.

— De qui voulez-vous parler, inspecteur ?

— De sa petite amie, Matilda Wide. Elle a été étudiante avant de se consacrer à l'athlétisme.

— Je ne fréquente pas ce genre de personnes, qui doit parfaitement s'accorder avec Nevil Wards. On se demande vraiment pourquoi un couple aussi médiocre s'entête à demeurer à Oxford.

— Le camarade de Wards, Giles Plight, est-il un étudiant médiocre, lui aussi ?

— Au contraire, inspecteur ! Il est doué, travailleur et consciencieux. Ce garçon a un grand avenir devant lui, et je lui promets une belle carrière s'il persévère sur le chemin qu'il s'est tracé. Plight est né pour devenir un latiniste de premier plan.

— Ne partagez-vous pas un amour commun pour Térence ?

— C'est exact, et plus particulièrement pour ses pièces injustement méconnues, par exemple *L'Hécyre*. Est-il rien de plus drôle que le dialogue si vif de la scène 2 de l'acte Ier entre Parménon et Philotis ?

— Si je ne m'abuse, Parménon parle derrière une porte ?

Pour la première fois, Rosamund Stow-Billow eut un léger sourire.

— Ce pourrait être une jolie idée de mise en scène, inspecteur ! En fait, il sort de chez Lachès et parle vers l'intérieur. « Si le vieux me demande, dit Parménon, dis-lui que je viens de me rendre au port pour savoir si Pamphile est arrivé. » Comme son interlocuteur, Scirtus, ne semble pas l'écouter, il l'apostrophe : « Mais entends-tu ce que je dis ? » Et la drôlerie ne s'arrête pas là ! Quand Parménon voit le personnage principal, Philotis, il l'appelle d'abord Philotium, en utilisant un hypocoristique à la grecque ! Savez-vous ce qu'elle lui répond ? « Bonjour, Parménon. » Quel humour et quelle finesse !

Assez peu sensible aux rebondissements du comique latin, Marlow revint sur le terrain du crime.

— D'après vous, madame, Nevil Wards pourrait-il être l'assassin ?

— Je suis une latiniste, non une experte en criminologie ! Cependant, ce garçon est suffisamment sournois pour avoir imaginé pareille horreur. En tout cas, il ne saurait exister aucune complicité entre lui et Giles Plight. Ils sont trop différents l'un de l'autre, et l'on sent que Plight a un sens moral et une rigueur dignes d'Oxford.

— Y a-t-il eu un accrochage entre Nevil Wards et le *proctor* Thomas Duke ? demanda Higgins.

— Pas à ma connaissance. Étant donné les mauvais résultats et la piètre réputation de Wards, s'il avait commis une faute grave et s'était rendu coupable de manquement à la discipline, Thomas Duke aurait certainement exigé son exclusion de l'université.

— Avec de bonnes chances de l'obtenir ?

Rosamund Stow-Billow sembla désespérée.

— Autrefois, sans difficulté. De nos jours, on ne peut être sûr de rien. Le *proctor* devrait être écouté en toute circonstance, mais le laxisme gagne même les commissions de discipline.

— Aucun fait concret n'a été porté à votre connaissance ?

— Aucun, inspecteur.

— Que pensez-vous de Stephen Oseney, madame ?

Rosamund Stow-Billow, comme si elle cherchait à se concentrer, caressa de l'index une plume d'oie posée sur un volume relié en pleine peau contenant les comédies complètes de Térence.

— Vous m'avez bien dit que le cadavre du malheureux Thomas Duke se trouvait dans la chambre de Worcester College occupée par Wards et Plight ?

— En effet, madame.

— En ce cas, pourquoi aller chercher plus loin ? Puisque Plight est un étudiant modèle et Wards une sorte de voyou, c'est ce dernier le coupable !

— Il faut encore le prouver.

— Faites votre métier, inspecteur !

— Pourquoi refusez-vous de nous parler de Stephen Oseney ?

— 20 —

Rosamund Stow-Billow tenta de fusiller l'ex-inspecteur-chef du regard, sans résultat probant. Elle comprit qu'il ne lâcherait pas prise.

— Inutile de vous cacher que Stephen Oseney me pose un véritable problème. Il est l'héritier d'une famille très riche, et tout lui réussit puisqu'il a des dons pour tout. Aucune matière ne le rebute, il pourrait même être un brillant latiniste. Comme il est méthodique et organisé, il n'a pas besoin de se surmener pour obtenir d'excellents résultats. Il quittera Oxford avec une brassée de diplômes et deviendra chef d'entreprise ou politicien. L'intelligence, la beauté, la fortune... Il ne lui manque rien.

— N'est-ce pas un portrait trop flatteur ?

— Je fais passer l'amour d'Oxford avant toute chose. Oseney est un étudiant hors normes, qui se sert de notre université comme d'un tremplin, sans attacher la moindre importance aux vieilles pierres des collèges, ni prendre au sérieux les us et coutumes, ni s'imprégner de l'esprit qui n'existe qu'ici. Le passé de notre incomparable cité le laisse indifférent. Ce garçon ne s'intéresse qu'à lui-même.

— Étant donné son éducation, est-ce tellement surprenant ?

— De mon point de vue, assena la professeure de latin, c'est inconvenant. Avoir la chance d'étudier à Oxford et ne pas être sensible à sa magie est une preuve de médiocrité. Au fond, Oseney est peut-être moins brillant qu'il n'y paraît. Pourquoi m'interroger à son propos ? Vous ne croyez quand même pas qu'il soit mêlé à l'assassinat du *proctor* Thomas Duke !

— Seule une enquête approfondie nous le dira.

— Ça n'a aucun sens ! Un garçon assuré d'un magnifique avenir n'aurait pas commis un acte pareil !

— Peut-être le *proctor* lui a-t-il reproché une faute grave ?

— Je le saurais, et tout Oxford le saurait.

— Une autre personnalité mérite attention : Adam Lamford, qui me semble méticuleux et rigoureux.

Rosamund Stow-Billow fut songeuse.

— Il l'est, inspecteur, il l'est ! Son amour pour Oxford et la langue latine est également indéniable.

— Je ressens une certaine réserve de votre part. Condamneriez-vous sa passion pour Auguste ?

— L'empereur est digne d'intérêt, je l'admets. Lamford se méprend peut-être sur la portée de ses découvertes.

— Vous a-t-il parlé de son prochain article ?

— Comme tout chercheur, il est resté assez mystérieux, de peur qu'on ne lui vole l'idée. J'ai cru comprendre qu'il comptait modifier en profondeur la vision que nous avons de la fin du règne d'Auguste.

— Vous n'y croyez guère, semble-t-il.

— Il faudrait des documents inédits. Je suis persuadée qu'Adam Lamford ne pourra rien faire d'autre que de mettre en lumière des aspects plus ou moins négligés, et que son insistance suscitera des critiques et des levées de boucliers. Il est un excellent *don*, apte à remettre à flot des étudiants en difficulté et de les orienter correctement, afin qu'ils tirent le maximum de profit de leurs efforts. Devenir un chercheur d'élite, c'est une autre histoire.

— Autrement dit, vous ne l'en croyez pas capable.

— Je l'ignore, inspecteur. En réalité, je ne sais pas pourquoi je vous parle ainsi de lui, car je ne le connais pas du tout.

Pendant quelques brefs instants, Rosamund Stow-Billow perdit sa belle autorité professorale et parut extrêmement gênée.

— M. Lamford n'aurait-il pas, assez récemment, acquis un buste antique ?

— L'archéologie n'est pas ma spécialité.

— S'il a bien fait cette acquisition, serait-il en mesure de l'étudier ?

— Il a sans doute reçu un minimum de formation, mais il devrait faire appel à un spécialiste.

— Vous qui savez tout sur la vie à Oxford, madame, auriez-vous entendu proférer des menaces à l'encontre de Thomas Duke ?

L'historien réfléchit longuement.

— Non, inspecteur, vraiment non ! D'une certaine manière, c'est plutôt bizarre. Un *proctor* ne peut pas être un personnage populaire. Il est forcément craint et plus ou moins critiqué. Ce n'était pas le cas de Thomas Duke ! On le savait juste, honnête et droit.

— Je suppose que son équipe de bulldogs lui était dévouée.

— Sans aucune restriction ! Ils remplissent leur tâche avec ardeur et discrétion, et tout le monde y trouve son compte. Les étudiants se tiennent tranquilles, la population d'Oxford est fière de ses collèges.

— Les bulldogs ont droit à des vacances, eux aussi ?

— Bien entendu, mais il en reste toujours un en service. En ce moment, il s'agit de Michael Algar.

— Un homme d'expérience ?

— Il exerce son métier sans faillir depuis de nombreuses années.

— Où pouvons-nous le trouver ?

— Il occupe un logement de fonction à Balliol.

— 21 —

La façade de Balliol College, dans Broad Street, était assez impressionnante. Elle évoquait un château de style gothique, pas trop rébarbative, bien que la tour carrée centrale, dominant l'entrée voûtée, rappelât la gravité de l'endroit.

Fondé en 1263, Balliol revendiquait le titre de plus ancien collège d'Oxford, auquel s'ajoutaient les circonstances particulièrement morales de sa création. John de Balliol, un noble écossais malheureusement d'ascendance française – ce qui expliquait son caractère irascible –, s'était querellé avec l'évêque de Durham, qui avait eu l'intelligence d'obtenir l'appui du roi pour conserver la propriété de terres que Balliol lui contestait. L'Écossais avait dû s'incliner et, en pénitence, il avait été condamné par l'évêque à construire un collège pour seize étudiants pauvres et à payer leurs études. Balliol était mort en 1269, après avoir accompli sa bonne œuvre, et son épouse, la princesse Dervorguilla, avait continué à faire des dons au collège qui, en fin de compte, immortalisait la mémoire de son défunt mari.

Jusqu'au XIXe siècle, cependant, le collège avait connu de difficiles conditions d'existence et sa réputation n'était pas toujours fameuse. Grâce à un groupe d'érudits, dont le fameux helléniste Robert Scott, les vertus académiques et l'excellence intellectuelle de Balliol College avaient enfin été reconnues. Beaucoup faisaient cependant la fine bouche à propos de son architecture, affirmant que son « gothique Balmoral » n'avait rien de remarquable, ce qui signifiait, en langage clair, qu'il était franchement affreux.

Sortant du hall et s'engageant dans l'allée tracée entre le jardin et le *quad*, celui-ci étant d'ailleurs davantage considéré par les puristes comme un jardin que comme un *quad*, un homme entièrement vêtu de noir et portant un chapeau melon marchait à grandes enjambées.

— Monsieur Michael Algar, je suppose ?

Surpris, l'interpellé se retourna et vit deux hommes qui venaient vers lui.

— À qui ai-je l'honneur ?

— Superintendant Marlow et inspecteur Higgins. Nous aimerions nous entretenir avec vous.

— C'est que... je suis pressé.

— Existe-t-il tâche plus urgente que de répondre aux questions de Scotland Yard ? insista Marlow. Un professionnel comme vous, chargé de la sécurité, doit le comprendre aisément.

Âgé de quarante-cinq ans, Michael Algar était de petite taille, mais très robuste. Un visage carré, des pommettes marquées, des sourcils épais, un menton pointu lui donnaient un air peu engageant.

— Il ne fait pas chaud, allons dans le hall.

La neige avait cessé de tomber, et la température était remontée à cinq degrés. Il y avait même quelques trouées dans le ciel gris, et Oxford arborait une allure princière dans son manteau blanc.

— Vous êtes bien l'un des bulldogs employés par le *proctor* Thomas Duke ?

— Oui, inspecteur.

— Combien êtes-vous, d'ordinaire, à patrouiller dans Oxford ?

— Dix.

— Et pendant cette période de congé universitaire ?

— Je suis tout seul.

— Le 22 décembre au matin, où vous trouviez-vous ?

— Chez moi. Je dormais. Je dors tard le matin, puisque je travaille la nuit. Je me lève pour manger et je redors. Et puis je pars travailler.

— En quoi consiste exactement votre tâche ?

— Je repère les individus douteux et je contrôle leur identité. S'il s'agit d'un étudiant, je l'interroge et je le sermonne. S'il se comporte vraiment mal, je le conduis au *proctor* Thomas Duke qui l'interroge et le condamne, au minimum, à payer une amende.

— Ce genre d'incident est-il fréquent ?

— Non, inspecteur. Dans l'ensemble, les étudiants se tiennent tranquilles et ne perturbent pas la sérénité de la ville. Le simple fait que les bulldogs existent leur met du plomb dans la tête. Ils savent que nous patrouillons et que nous pouvons leur causer de sérieux ennuis. Vous n'avez plus d'autres questions ?

— Encore quelques-unes, monsieur Algar. Comment êtes-vous devenu bulldog ?

— Mon père était dans l'armée et connaissait un ami du *proctor* Duke. Ma candidature a été acceptée, et je fais ce métier depuis plus de quinze ans. C'est dur physiquement, mais on s'habitue à tout. Bon, maintenant, je…

— Pourquoi êtes-vous si pressé ?

La question prit Michael Algar au dépourvu.

— Eh bien… J'ai à faire.

— Auriez-vous quelque chose à nous cacher ?

Le bulldog stoppa, les poings serrés et l'œil mauvais.

— C'est un interrogatoire, alors ! Qu'est-ce que vous me reprochez ?

— Pour le moment, rien, répondit Higgins. La situation exige la collaboration franche et entière des personnes que nous interrogeons.

— Jusqu'à violer leur vie privée ? Nous sommes dans un pays libre, et même la police ne doit pas l'oublier.

Marlow commença à fulminer.

— Vous refusez donc de révéler la tâche urgente qui vous appelle ?

— Le travail, tout simplement.

— Oxford vit un drame terrible, annonça Higgins.

Le visage de Michael Algar se contracta.

— Et ce drame… me concerne ?

— De très près, puisque votre patron, le *proctor* Thomas Duke, vient d'être assassiné.

Michael Algar se gratta le nez.

— Je le savais, avoua-t-il.

— 22 —

Scott Marlow contint difficilement sa colère.

— Alors, comme ça, vous vous moquiez de nous, mon gaillard ! J'ai bien envie de vous arrêter pour le meurtre de Thomas Duke !

Michael Algar fit un pas en arrière.

— Je suis innocent, totalement innocent !

— De quelle manière avez-vous été informé ? demanda Higgins.

— La rumeur, inspecteur, la rumeur. Il n'y a pas beaucoup de monde en ce moment, mais on murmure un peu partout que deux policiers de Scotland Yard enquêtent sur un crime, et que la victime est le *proctor* Duke que personne n'a vu depuis le 21 décembre. La Toile ne parle encore que d'une sommité d'Oxford, mais c'est sûrement lui. Et puis les gardiens des collèges sont parfois bavards, tout comme Mme Stow-Billow qui parle beaucoup. On a évoqué le nom d'autres victimes, mais moi, j'ai demandé à voir mon patron. Et là, j'ai compris.

— Pourquoi ne pas vous être présenté spontanément à nous ? s'étonna Marlow.

— Parce que je n'ai rien à vous apprendre. Vous me relâchez maintenant ?

— Vous n'êtes pas arrêté, précisa Higgins. Je suis persuadé que vous pouvez nous être très utile.

— Ne vous faites pas trop d'illusions, inspecteur ! Je n'occupe qu'un emploi subalterne.

— Un homme comme vous ne sait-il pas tout sur tout le monde ? Et je suis certain que vous possédez un excellent sens de l'observation.

— Je me contente de faire mon travail et de mener une existence tranquille avec ma femme et mes deux enfants.

— Aviez-vous de l'estime pour Thomas Duke ?

— Ah, çà ! Un grand monsieur. Je dirais même : un très grand monsieur, un homme juste et bon, admiré et respecté de tous. Il n'était pas commode, notez ; je dirais même sévère, mais correct. Avec lui, on ne risquait pas d'être accusé à tort. Et puis il aimait les étudiants. Quand se produisaient de petites anicroches, il ne leur jetait pas la pierre et préférait leur expliquer qu'ils appartenaient à la meilleure et à la plus prestigieuse université du monde. Aussi devaient-ils s'en montrer dignes. Comme il était convaincant et persuasif, il réussissait presque toujours à les ramener dans le droit chemin.

— « Presque toujours » : il y avait donc des échecs ?

— Le monde n'est pas parfait, inspecteur, et même M. Duke essuyait parfois quelques déboires. C'étaient vraiment de mauvais sujets qui ne méritaient pas de rester à Oxford.

— Comme Nevil Wards, par exemple ?

— Qui ça ?

— Nevil Wards, étudiant à Worcester College.

— Connais pas.

— Vous n'avez jamais eu l'occasion de l'interpeller la nuit ?

— Jamais.

Le bulldog ôta son chapeau, se gratta le sommet du crâne et remit son couvre-chef.

— Le nom de Matilda Wide vous serait-il plus familier ?

— Une étudiante de quel collège ?

— Elle a abandonné ses études pour se consacrer à l'athlétisme.

— Jamais entendu parler.

— Vous avez cité le nom de Rosamund Stow-Billow : serait-elle l'une de vos amies ?

— Oh non, inspecteur ! C'est une grande dame d'Oxford, une professeure de latin fort estimée, et dont les avis sont très écoutés. Elle vit à Oxford depuis toujours et veille sur l'université comme si c'était son enfant. Il vaut mieux ne pas subir ses foudres, car elle n'est pas commode avec les gens qu'elle n'apprécie pas.

— Était-elle en bons termes avec Thomas Duke ?

— Forcément, puisqu'il était *proctor*. Entre dignitaires d'Oxford, on se serre les coudes.

— Sous-entendez-vous que la réalité était moins brillante ?

— Je ne suis pas dans le secret des dieux et je laisse ces grands personnages se débrouiller entre eux.

— Avez-vous eu l'occasion de réprimander Adam Lamford ?

— Bien sûr que non, inspecteur ! M. Lamford est un jeune chercheur à l'excellente réputation. Je l'ai croisé quelquefois, mais ce n'était pas le genre d'étudiant à commettre la moindre incartade.

— Et Giles Plight ?

— Connais pas.

— Et Stephen Oseney ?

— Ah, celui-là, un drôle de sujet ! Un étudiant riche, qui se croit tout permis.

— L'auriez-vous interpellé ?

— La première fois, je me suis contenté d'une réprimande. Il sortait d'un pub, passablement éméché, et insultait les passants. J'ai cru que mon intervention serait suffisante. Mais Oseney est un fêtard invétéré et plein d'énergie ! Il a recommencé à faire du tapage nocturne et, cette fois, j'ai dû l'emmener chez le *proctor*, en pleine nuit. M. Duke a discuté plus d'une heure avec le jeune homme. Moi, j'attendais derrière la porte du bureau et je peux vous affirmer que le début de la discussion a été plutôt animé. M. Duke a haussé le ton plus d'une fois. Ensuite, ça s'est calmé, et j'ai raccompagné le jeune Oseney à son collège.

— Quelle punition a-t-il subie ?

— Je l'ignore, inspecteur. En tout cas, il n'a pas été renvoyé et s'est tenu tranquille. M. Duke a dû trouver les mots qui convenaient.

— La rumeur propageait-elle des menaces à l'encontre de Thomas Duke ?

— Je n'ai rien entendu de tel. Où et comment a-t-il été assassiné ?

— Dans une chambre de Worcester College où résident deux étudiants, Nevil Wards et Giles Plight. Deux étudiants que vous ne connaissez pas.

— Un meurtre dans un collège d'Oxford ! C'est à ne pas croire...

— J'espère que vous ne partez pas prochainement en congé, monsieur Algar, intervint Scott Marlow.

— Je comptais m'absenter à la fin de la semaine prochaine.

— Avant cet éventuel déplacement, prévenez-nous. Nous verrons si nous pouvons vous autoriser à quitter Oxford. Et dépêchez-vous : vous risquez d'être en retard.

— 23 —

Sous le balai de l'essuie-glace de la vieille Bentley, une feuille de papier comportant un message :

Rendez-vous dès que possible devant la porte d'Oriel College. J'ai du nouveau.

S.O.

— S.O. : il s'agit sans doute de Stephen Oseney, fit remarquer Marlow.

Les deux policiers empruntèrent Turl Street, passèrent devant Exeter College et Lincoln College, puis s'engagèrent dans High Street et, en prenant à droite, arrivèrent à Oriel College, proche de Christ Church et de la cathédrale.

En 1324, Adam de Brome, recteur d'University Church, avait fondé Oriel College, considéré comme la « demeure de la bienheureuse Vierge Marie à Oxford ». Deux ans plus tard, en 1326, Édouard III avait confirmé cette fondation, mais personne ne connaissait la signification du nom étrange du collège, Oriel.

Le portique couvert, dominant l'accès au hall, avait fière allure, avec ses statues d'Édouard II et de Charles Ier, dominées par celle de la Vierge Marie qui continuait à protéger les étudiants d'Oriel, au nombre desquels avait figuré le fameux Cecil Rhodes, qui avait donné son nom à la Rhodésie.

Oriel College était fier de son architecture, des boiseries de son réfectoire et surtout de sa bibliothèque construite en 1788 par James Wyatt.

Devant la porte se trouvait l'élégant et séduisant Stephen Oseney.

— Bravo, messieurs, vous n'avez pas traîné ! Ici, nous serons tranquilles pour parler. J'avais promis de vous aider et je tiens parole. J'ai peut-être découvert un début de piste intéressant.

— Cette piste concerne-t-elle Nevil Wards ?

— Malheureusement non, mais je ne désespère pas de l'impliquer dans cette sale affaire. Vous n'allez pas en croire vos oreilles : en échange de quelques espèces sonnantes et trébuchantes, j'ai questionné des gardiens de collège qui ont toujours l'œil partout et l'oreille avec, et j'ai appris que, la veille de sa mort, le *proctor* Thomas Duke avait eu un long rendez-vous avec Rosamund Stow-Billow. Rosamund, l'égérie d'Oxford ! Je ne m'attendais pas à celle-là, d'autant plus que je l'ai eue comme professeure de latin. Une érudite remarquable, mais quelle harpie ! Qu'allait-elle faire chez le *proctor* ?

Oseney avait les yeux brillants.

— Ce n'est pas tout : cette chère Rosamund, tirée à quatre épingles et incarnation vivante de la morale éternelle, n'est peut-être pas comparable à la Vierge Marie d'Oriel College. Ce serait plutôt le feu sous la glace, si vous voyez ce que je veux dire. Intéressant, non ?

Higgins nota l'information sur son carnet noir.

— À mon avis, reprit l'étudiant, on se dirige vers un règlement de comptes entre huiles de l'université. Thomas Duke était un personnage de premier plan, Rosamund Stow-Billow se veut la conscience d'Oxford. À un moment ou à un autre, ces deux titans devaient se combattre.

— Pourquoi ces deux-là précisément ?

— Allez savoir, inspecteur. Puisque notre professeure de latin est une passionnée qui se dissimule sous sa toge académique, de multiples possibilités sont envisageables.

Scott Marlow commençait à trépigner.

— Les soupçons qui pourraient peser sur Mme Stow-Billow sont encore assez légers, déclara-t-il. En revanche, votre cas devient des plus intéressants.

Le regard du jeune premier se durcit.

— Qu'est-ce que ça signifie, superintendant ?

— L'assassin de Thomas Duke avait de bonnes raisons pour haïr le *proctor*. Vous aussi, semble-t-il.

— Je vous somme de vous expliquer !

— Gardez votre sang-froid, jeune homme, et cessez de mentir.

— Moi, mentir ?

Higgins consulta son carnet.

— Vous affirmez, monsieur Oseney, ne jamais avoir eu d'ennuis avec le *proctor* Thomas Duke.

— D'ennuis graves, c'est vrai.

— Et d'ennuis… légers ?

— Tout étudiant commet fatalement de petites bêtises. J'ai peut-être été rappelé à l'ordre pour une ou deux sorties un peu prolongées et trop arrosées, mais ça ne tire pas à conséquence.

— Selon un témoignage précis, vous avez reçu une sévère remontrance de la part du *proctor* Thomas Duke.

— Témoignage précis : ah, je vois ! C'est cette sale fouine de Michael Algar ! Ce type n'a jamais cessé de me chercher des embêtements à cause de ma fortune. Un envieux.

— Il vous a interpellé et emmené chez le *proctor* en pleine nuit.

— Possible, en effet.

— D'abord, vous avez pris de haut les remontrances de Thomas Duke.

— J'étais un peu ivre, l'événement ne m'a pas marqué. C'est pourquoi j'ai oublié de vous en parler.

— Je suppose que Thomas Duke vous a au moins condamné à payer une amende.

— Une amende, moi ? Vous plaisantez ! S'il avait de l'argent à réclamer, il n'avait qu'à s'adresser à mon père, qui contribue de façon spectaculaire aux bonnes œuvres d'Oxford, d'où je sortirai avec une belle quantité de diplômes. Thomas Duke m'a donné une leçon de morale. De bonne morale, j'en conviens. Si je continuais à mener une vie de fêtard, ce pouvait être l'exclusion, même temporaire, et ma future réputation en aurait pris un mauvais coup. Il m'a convaincu et j'ai décidé de ne pas compromettre ma carrière. Vous voyez, il n'y a pas de quoi fouetter un chat. Et surtout, je n'avais aucune raison de détester le *proctor*. Au contraire, il m'a été très utile.

— 24 —

Oseney s'éloigna à grands pas.

L'opinion de Scott Marlow se confortait : le riche et beau Stephen Oseney était l'assassin du *proctor* Thomas Duke. Croyant se protéger avec un mensonge grossier, il avait été rattrapé par la vérité, que révélait le témoignage du bulldog Michael Algar.

— Arrêtons ce garçon, proposa-t-il à Higgins, et interrogeons-le sans relâche. Il finira par avouer. Sous ses airs de matamore, il n'est pas aussi résistant qu'il le suppose.

— Ce n'est peut-être pas la meilleure solution. Supposez que Stephen Oseney ait dit la vérité ou une partie de la vérité... L'arrêter serait une erreur de stratégie, car ce jeune homme pourrait encore commettre des erreurs révélatrices. Quelques autres candidats au meurtre figurent aussi sur notre liste.

— Admettez que ce play-boy est le plus rusé d'entre eux.

— N'oublions pas le disciple d'Auguste.

— Il faudrait soumettre ce bronze à nos experts. S'il s'agissait de l'arme du crime, Adam Lamford serait en difficulté.

Scott Marlow ramassa de la neige sur un muret, en fit une boule et la jeta au loin.

— Cette affaire me donne le tournis, Higgins ! Si l'on réfléchit à propos de tel ou tel suspect, on a envie de conclure à sa culpabilité. Et puis l'on passe à un autre, et les soupçons se déplacent. Ils ne se sont quand même pas tous ligués pour tuer le *proctor* !

— Une hypothèse à ne pas exclure d'emblée, superintendant. Allons revoir le vieux gardien de Worcester College. Un ou deux détails seront peut-être remontés à sa mémoire.

★

La pipe aux lèvres, la casquette vissée sur sa tête, Humphrey Holden faisait du café.

— Content de vous revoir, messieurs. Une tasse ?

— Volontiers, répondit Higgins.

— Cette neige offre à Oxford une extrême beauté et rend la ville plus fascinante encore. Malgré cet horrible drame, Worcester College demeure un endroit magnifique, peuplé de beaux souvenirs.

Le café était excellent.

— J'ai beaucoup réfléchi. Ma mémoire me joue des tours, mais je suis certain de ce que je vais vous dire.

Humphrey Holden se concentra.

— Depuis des années, j'accomplis les mêmes gestes, à la même heure. Quand je suis allé me promener dans les locaux, je venais de boire ma troisième tasse de café de la matinée. Il était donc environ dix heures. C'est à ce moment-là que j'ai vu des traces de pas sur la neige. Elles avaient été creusées peu de temps auparavant, car il neigeait fort. Elles n'ont dû être visibles que pendant quelques minutes.

— C'étaient les traces de pas de l'assassin, conclut Higgins. Nous pouvons être certains que le crime a été commis vers dix heures.

— Cette neige, quelle déveine ! déplora Scott Marlow. Des traces de pas… C'était une preuve parfaite ! Malheureusement, elles ont disparu à jamais.

Higgins consulta son carnet noir à la page sur laquelle il avait dessiné la trajectoire de l'assassin, selon les indications de Humphrey Holden.

Quelque chose troubla l'ex-inspecteur-chef, quelque chose qu'il faillit saisir, mais qui s'éloigna très vite.

★

Oxford dormait.

C'était l'hiver, il neigeait et chacun appréciait la douce chaleur qui régnait sous les couvertures.

Chacun, sauf une ombre qui venait de pénétrer dans Merton College, une ombre silencieuse qui progressait d'un pas sûr dans l'obscurité.

Les portes n'avaient pas été un obstacle pour le visiteur nocturne. Grâce à un petit objet métallique fabriqué par le meilleur perceur de coffres-forts ayant opéré en Angleterre avant de prendre sa retraite,

Higgins parvenait à vaincre n'importe quelle serrure, sans laisser de trace d'effraction.

L'ex-inspecteur-chef n'eut donc aucune peine à s'introduire dans le bureau médiéval austère d'Adam Lamford. Il évita la table basse couverte d'ouvrages scientifiques et les trois fauteuils de cuir pour s'intéresser au tiroir profond du bureau de l'érudit. Avec lenteur, il fit jouer la petite serrure finement ouvragée. Un léger déclic signifia la réussite.

Il en sortit la statuette en bronze.

★

— Malgré le mauvais temps, superintendant, vous devez partir pour Londres immédiatement et remettre cet objet au laboratoire.

— Le bronze d'Adam Lamford ! Higgins, c'est… c'est…

— Un simple emprunt. Avec un peu de chance, notre érudit ne contemple pas sa statue tous les jours, d'autant plus qu'il doit terminer son article. Réveillez nos experts, demandez-leur de travailler rapidement et rapportez ce précieux objet à notre hôtel. Ensuite, j'irai remettre Auguste dans son tiroir.

— 25 —

Higgins n'avait que sommeillé, cherchant à percevoir le détail qui lui échappait. Il avait échoué et, la matinée durant, s'était promené dans un Oxford enneigé. High Street, avec sa fameuse courbe en direction de Magdalen Bridge par lequel passaient les véhicules venant de Londres ; Cornmarket Street, la principale artère commerçante, s'élançant vers le nord ; St. Aldate's Street, menant à Folly Bridge, un pont sur la Tamise d'où l'on pouvait admirer les clubs d'aviron ; Carfax où se dressait la tour d'une ancienne église dédiée à saint Martin de Tours et dont les jaquemarts, tous les quarts d'heure, frappaient leur cloche trois secondes avant le carillon ; et puis les illustres collèges, All Souls, Brasenose, Corpus Christi, Balliol et tous les autres : tel était Oxford, indifférent aux années qui passaient car ancré dans ses traditions.

Higgins avait eu besoin de sentir battre le cœur de la cité universitaire avant de rendre visite à Rosamund Stow-Billow, qui le reçut dans son bureau d'All Souls College.

— J'espère que je ne vous dérange pas, chère madame.

— À dire vrai, inspecteur, un peu ! Je suis en train de retraduire l'acte V de *L'Hécyre* de Térence où se trouve l'éblouissante tirade de Pamphile : « Il me plaît qu'il n'en aille pas ici comme dans toutes les comédies où tout un chacun finit par tout savoir. Ici, ceux qui étaient autorisés à comprendre savent ; mais ceux qui n'étaient pas autorisés à savoir ne comprendront ni ne sauront. »

— Forte pensée, je l'admets, chère madame. À moins qu'il ne s'agisse d'une sorte de mise en garde.

Rosamund Stow-Billow eut un curieux sourire.

— Vous ne me soupçonneriez pas de tant de machiavélisme ?

— Pourquoi pas ?

— Une mise en garde contre quoi ?

— Par exemple, contre une trop grande curiosité pour le fonctionnement des principales instances universitaires d'Oxford.

Rosamund Stow-Billow referma brutalement le livre qu'elle était en train de lire.

— Je ne vous suis plus du tout, inspecteur.

— Vos fonctions ne se résument pas à l'érudition et au professorat, je suppose.

— Au risque de vous décevoir, si !

— Vos compétences, votre renommée et votre expérience vous imposent comme l'une des autorités supérieures d'Oxford.

— Le Moyen Âge en avait fait un monde masculin, et la situation n'évolue que très lentement. Demain, peut-être…

— Vos idées progressistes ne doivent pas séduire certains piliers de l'université.

— Tout vient à point à qui sait attendre, n'est-ce pas ?

— Supposons que l'un de ces piliers sur lesquels repose la tradition se nommât Thomas Duke.

— Étant donné sa fonction, c'est bien naturel.

— Pourquoi êtes-vous allée le voir, la veille de l'assassinat ?

La latiniste tira sur les pans de la veste de son tailleur gris. S'emparant d'un stylo, Rosamund Stow-Billow traça quelques dessins nerveux sur une feuille de papier.

— J'ai bien rencontré le *proctor* Duke ce jour-là.

— Pourquoi ne pas en avoir parlé ?

— Je n'y ai pas pensé, tout simplement. Cet entretien n'a évidemment aucun rapport avec le crime.

— Pourrais-je connaître la teneur de cette conversation ?

— Des détails sans importance...

— Sans vouloir jouer le rôle d'un examinateur, madame, je ne juge pas votre réponse digne de votre qualité. Ne s'agissait-il pas plutôt d'une convocation ?

— Que sous-entendez-vous ?

— Supposons que le *proctor* Thomas Duke n'ait pas jugé votre comportement très traditionnel et qu'il vous ait demandé, avec une certaine fermeté, d'avoir une attitude plus discrète et plus conforme à l'idéal oxfordien.

— C'est ridicule, inspecteur ! Le malheureux Thomas Duke s'occupait des élèves, non des professeurs !

— D'après M. Algar, vous n'êtes guère commode avec les gens qui vous déplaisent.

— Algar n'est qu'un bulldog !

— Certes, mais un employé du *proctor* Duke, et un bon observateur des incidents qui se produisent à Oxford. D'après lui, vous affichiez une parfaite entente avec M. Duke, mais il émet des réserves sur ce comportement, peut-être une simple comédie.

— C'est parfaitement scandaleux, inspecteur ! Apporte-t-il une preuve de ce qu'il avance ?

— Non, madame.

— En ce cas, enfermez-le pour diffamation !

— Affirmez-vous qu'il n'existait aucun sujet de dissension entre vous et Thomas Duke ?

— Sur mon honneur de latiniste, je l'affirme.

— Si nous adoptions la version contraire ?

— Je... je ne comprends pas.

— Vous ne détestiez donc pas Thomas Duke et aviez même pour lui beaucoup d'estime. Un terme trop faible.

La latiniste rosit.

— Ne nous égarons pas, inspecteur. J'ai beaucoup de travail et je vous saurais gré de mettre fin à cet échange de vues qui ne nous conduit nulle part.

— Êtes-vous certaine de n'avoir rien d'autre à me confier ?

Rosamund Stow-Billow se leva et ouvrit la porte de son bureau.

— Recherchez l'assassin du malheureux Thomas Duke, inspecteur, et ne m'importunez plus.

— 26 —

John Tradescant avait fait un beau cadeau à Oxford. Il n'était ni professeur ni étudiant, mais jardinier du roi Charles Ier, et c'était grâce à sa collection de naturaliste et de botaniste qu'avaient été fondés, en 1621, les jardins botaniques d'Oxford, le long de la rivière Cherwell, près de Magdalen Tower, sur un terrain acquis par Henry Danvers, comte de Danby. Là se trouvait auparavant un cimetière juif. Danvers avait fait construire un mur, une porte d'accès monumentale, et créé un poste de gardien.

De 1669 datait la chaire de botanique. Au début du XIXe siècle, médecine et botanique étaient devenues deux sciences distinctes, une évolution catastrophique du point de vue de Higgins.

Le jardin demeurait l'une des merveilles d'Oxford, avec ses nombreuses plantes rares et ses serres où s'épanouissaient des espèces exotiques.

Higgins et Nevil Wards pénétrèrent dans l'une d'elles où prospéraient des lotus.

— Merci d'avoir répondu à mon invitation, monsieur Wards.

— Nous aurions pu discuter dans ma chambre de Worcester College.

— Vous ne semblez pas très sensible au fait qu'un crime y a été commis.

— La vie continue, inspecteur. Il ne faut pas être hypocrite : le *proctor* Duke n'était ni un ami ni un proche. Il a connu une triste fin, mais je n'y suis pour rien et je n'y pense déjà plus. Mon souci, c'est mon avenir.

— N'avez-vous pas envie de connaître la vérité sur ce meurtre et de voir l'assassin arrêté ?

— Peut-être s'agit-il d'un crime parfait, qui sait ? Je crois que la police dit rarement toute la vérité sur les circonstances d'un meurtre. Quand le coupable sera arrêté, la justice s'en mêlera, et alors là...

— Vous ne semblez guère confiant en nos institutions.

— Les uns et les autres les utilisent à leur guise, selon leur degré d'influence. Vous connaissez la maxime, inspecteur : « Selon que vous serez puissant ou misérable... »

— Pour un garçon de votre âge, vous êtes bien amer.

— Seulement réaliste. Je ne possède aucune fortune et ne peux compter que sur moi-même. Si je ne suis pas assez fort, je serai écrasé comme un insecte.

Comme la chaleur devenait insupportable à l'intérieur de la serre, Higgins et Nevil Wards en sortirent pour se promener sur le bord de la rivière. Le temps ne permettait pas aux amateurs d'aviron de s'adonner à leur sport favori.

— Pourquoi désiriez-vous me voir, inspecteur ?

— J'aimerais avoir votre avis sur un ou deux points délicats. Avez-vous eu l'occasion de rencontrer Michael Algar ?

— Le bulldog ? Je l'ai croisé quelquefois dans les rues d'Oxford. Un type efficace, qui a plutôt mauvaise réputation. Il paraît qu'il s'est heurté à des touristes qu'il prenait pour des étudiants et que ces braves visiteurs n'ont pas été loin de porter plainte. Depuis, il s'est calmé et ne joue plus les redresseurs de torts.

— A-t-il eu l'occasion de vous interpeller ?

— Moi ? Sûrement pas ! Sinon, j'aurais eu de graves ennuis. Comme je n'ai pas un père fortuné pour me protéger, j'aurais été exclu de l'université.

— Stephen Oseney, lui, n'avait rien à craindre des interventions d'un bulldog.

— Exact, inspecteur. Quel maudit prétentieux ! Il se croit vraiment tout permis, celui-là. Je n'aime pas beaucoup les étudiants d'Oxford en général, mais ce Stephen Oseney, je le hais ! S'il passait sous les roues d'une Rolls, je n'aurais aucun regret. Pour lui, tout est facile. Il n'a qu'à claquer des doigts, et le destin se met à ses pieds. En plus, il est hyper doué et passe ses examens en s'amusant. Il y a peut-être une autre interprétation des faits, remarquez.

— Laquelle, monsieur Wards ?

— Oseney est tellement riche, son père veut tellement qu'il devienne un politicien de premier plan. Les Oseney ont dû acheter des professeurs. Comme ça, aucun risque de rater les examens !

— C'est une accusation extrêmement grave.

— D'accord, je n'ai pas de preuve. Mais ce serait si logique quand on connaît Oseney ! Rien ne doit lui résister, et un échec compromettrait sa brillantissime trajectoire. Comme l'argent peut tout arranger, je suis persuadé que même nos nobles et sévères professeurs d'Oxford ne résisteraient pas à l'idée d'un gain occulte, à condition que le corrupteur y mette le prix.

— Songez-vous à un professeur en particulier, par exemple Mme Rosamund Stow-Billow ?

L'étudiant resserra un épais foulard autour de son cou. La bise devenait agressive.

— Celle-là, elle me ferait plutôt rire !

— Votre jugement la surprendrait sûrement.

— Oh, elle ne m'accorde aucune importance ! Mme la professeure de latin ne s'intéresse qu'aux élèves surdoués, du genre d'Oseney. Elle se considère comme la plus grande latiniste de tous les temps et le phare intellectuel d'Oxford. N'est-elle pas la spécialiste de Térence et la conscience morale de l'université ? Il y a vraiment de quoi rire !

— Mettriez-vous en doute les compétences de Rosamund Stow-Billow ?

— Elle en sait sûrement plus en latin que moi ! Non, ce qui m'amuse, comme beaucoup d'étudiants, ce sont les grands airs qu'elle se donne. Elle veut se faire passer pour la vertu incarnée, alors que…

Nevil Wards s'interrompit, retenant à grand-peine un éclat de rire.

— Rosamund la vertu ! reprit-il. Ça ne colle vraiment pas.

— Aurait-elle eu des aventures… scandaleuses ?

— Jusqu'à présent, elle a eu suffisamment de pouvoir pour étouffer ce genre de scandale. Elle ne gagnera peut-être pas toujours sur tous les tableaux.

— 27 —

S'il était un lieu qui ressemblât au paradis pour les amateurs de livres d'érudition, c'était bien la librairie Blackwell's d'Oxford, sise dans Broad Street, une rue assez large par rapport aux petites artères traditionnelles de la vieille cité. La façade vieillotte, peinte en bleu, attirait l'esprit de l'érudit vers les arcanes de l'Extrême-Orient, de l'Égypte ou des civilisations celtiques. La dernière thèse sur la langue sanskrite se trouvait ici, sur ces rayonnages, qui donnaient envie de tout lire et de tout comprendre.

Wards avait indiqué à Higgins qu'il trouverait certainement son ami Giles Plight chez Blackwell's, et il ne s'était pas trompé.

Le jeune homme feuilletait avec gourmandise un traité de métrique latine.

— Puis-je vous importuner quelques instants, monsieur Plight ?

Arraché à sa méditation, l'étudiant sursauta.

— Oh, c'est vous, inspecteur ! Excusez-moi, j'étais plongé dans ma lecture. Si j'avais assez d'argent, j'achèterais ce traité sur-le-champ ! Je le consulterai en bibliothèque.

À regret, Giles Plight reposa le gros livre relié sur l'étagère. Avec sa frimousse parsemée de taches de rousseur et sa timidité presque maladive, il ne ressemblait pas à un étudiant brillant et conquérant, assuré d'obtenir ses diplômes.

— J'aimerais vous consulter à propos de quelques détails, dit Higgins.

Higgins et Giles Plight sortirent de la librairie et marchèrent lentement dans Broad Street, en direction de Worcester College.

— Connaissez-vous Michael Algar ? demanda Higgins.

— Un bulldog, n'est-ce pas ?

— Exactement.

— Je suis favorable à la présence des bulldogs. C'est une vieille tradition, ils rappellent aux étudiants qu'ils sont avant tout ici pour travailler. Je n'ai jamais eu envie de sortir le soir, car la journée est courte et ne compte pas assez d'heures de travail. C'est pourquoi je n'ai pas eu l'occasion de me frotter aux bulldogs. Il paraît qu'ils ne sont pas commodes.

— Mme Stow-Billow ne l'est pas non plus, d'après les échos.

— Elle est même très sévère et distribue rarement des notes au-dessus de la moyenne, mais c'est une excellente professeure. Depuis que je suis ses cours et que je mets en pratique ses recommandations, j'ai l'impression de commencer à lire vraiment le latin. En thème, j'ai fait de réels progrès.

— Avez-vous fréquenté Adam Lamford, le *don* de votre ami Nevil ? Un remarquable latiniste, je crois.

— Je partage votre sentiment, inspecteur. Adam Lamford est un spécialiste de l'époque d'Auguste, et chacun attend de voir paraître son article fondamental sur la fin du règne de cet empereur. M. Lamford est un *don* admirable, attentif et précis. Grâce à lui, Nevil s'améliorera et obtiendra son diplôme. C'est l'une des grandes vertus d'Oxford : ne pas abandonner un étudiant qui connaît des difficultés passagères et lui donner les moyens de travailler correctement. Nevil devra beaucoup à Adam Lamford.

— Nevil Wards n'a pourtant pas que des amis.

— N'est-ce pas habituel quand on possède une forte personnalité ? Nevil a ses idées, il ne ressemble pas à un mouton de Panurge, n'appartient pas à la haute société, mais il se trouve quand même à Oxford. Cette réussite suscite des jalousies. Telle est la nature humaine, personne ne pourra la modifier. Nevil est suffisamment fort pour affronter les obstacles qui se dressent sur sa route. Grâce à sa persévérance, il fera taire les critiques.

— Vous avez totale confiance en lui, n'est-ce pas ?

— Nevil est un bon camarade, je suis heureux de cohabiter avec lui.

— Vous savez sans doute que Stephen Oseney déteste votre ami Nevil.

— « Détester », le mot est faible ! Stephen Oseney éprouve une sorte de haine, tout à fait injustifiée. Nevil m'a beaucoup parlé de lui. Stephen Oseney est riche et brillant, il a l'allure d'un jeune premier athlétique et se destine à une carrière politique de premier plan. Oxford lui servira de tremplin pour atteindre son but. Nevil et moi n'avons rien de commun avec lui.

— Vous n'enviez donc pas Stephen Oseney ?

— Pas du tout, inspecteur. Il possède tout, et moi presque rien, mais je suis tellement heureux d'être à Oxford et de faire des études qui me passionnent ! Je crois que j'ai trouvé ma place, et ma plus grande envie est d'y rester en passant mes examens et en devenant chercheur.

— Oseney a-t-il agressé votre ami Nevil ?

— Il y a eu des altercations, mais rien de grave. À présent, ils s'évitent.

— J'aimerais aborder un sujet délicat, monsieur Plight. Vous n'ignorez pas que Nevil a une petite amie.

L'étudiant se renfrogna.

— Je ne l'ignore pas, en effet.

— Que pensez-vous de cette jeune femme ?

— Elle a décidé de se consacrer à l'athlétisme et semble très douée. Je n'en sais pas plus.

— Vous n'avez pas envie de la connaître davantage, semble-t-il.

— C'est un peu vrai. Matilda est très critique, plutôt agressive, et cela me dérange. Face à elle, je suis désarmé et je me sens mal à l'aise. Quelle importance, au fond ? C'est la petite amie de Nevil, pas la mienne, et il mène son existence comme il l'entend.

— Vous auriez tout de même préféré qu'il fréquentât une jeune femme d'un tempérament différent.

— Je souhaite son bonheur, car il le mérite.

— 28 —

Great Tom, le bourdon de Christ Church, sonnait les heures. Depuis Henri VIII, la chapelle du collège était la cathédrale anglicane du diocèse d'Oxford. L'illustre établissement avait vu passer quantité de Premiers ministres, de gouverneurs des Indes, d'évêques et de hauts magistrats dont les portraits ornaient l'escalier menant au réfectoire.

Matilda Wide n'avait cure de ces souvenirs académiques. Seule l'intéressait la prairie de Christ Church où, l'été, des vaches au pelage blanc et noir broutaient l'herbe grasse. Pour l'heure, l'étendue couverte de neige était un excellent terrain d'entraînement.

À la hauteur d'une barrière qu'elle s'apprêtait à sauter se tenait un homme qu'elle reconnut aussitôt.

L'inspecteur Higgins.

La jeune athlète ralentit et s'immobilisa.

— Vous n'êtes même pas essoufflée, mademoiselle.

— Je cours au moins un marathon par jour. C'est le minimum pour se préparer à la haute compétition. À l'endurance je mêle des périodes de sprint. Dans des conditions climatiques difficiles, c'est un apprentissage qui met en relief les faiblesses à corriger.

— Vous avez beaucoup de détermination.

— Je sais ce que je veux et je l'obtiendrai. Vous me guettiez ?

— J'espérais vous rencontrer en me promenant dans cet endroit magnifique. La chance m'a servi.

— Je ne crois pas beaucoup à la chance. Comme mon parcours d'entraînement est toujours le même, vous avez dû prendre des renseignements et m'attendre au bon endroit.

— L'essentiel n'est-il pas que nous puissions échanger quelques propos ?

— D'accord, mais en marchant vite. Ça ne vous dérange pas ?

— J'essaierai de ne pas trop vous ralentir.

Grâce à la teinture mère d'*Arnica* et de *Rhus toxicodendron* et à cette température hivernale, l'arthrose du genou gauche de Higgins le laissait en paix et il pouvait déambuler avec une vigueur de jeune homme.

En jetant un œil au clocher de Christ Church, l'ex-inspecteur-chef songea au recueil de sonnets libres *Les Cloches d'Oxford*, de la poétesse Harriett J.B. Harrenlittlewoodrof, qui avait refusé le prix Nobel de littérature, trop dévalorisé par les scandales. Quelques vers correspondaient admirablement à cette journée neigeuse :

Cloches ancestrales au sourire d'airain,
Pierres savantes aux pensées médiévales,
Âmes errantes des poètes et des sages,

En cet hiver lointain aux silences neigeux,
Vous êtes la mémoire des siècles à venir.

— Avez-vous identifié l'assassin du *proctor*, inspecteur ?

— Pas encore, mademoiselle, mais il ne nous échappera pas.

— Comment pouvez-vous en être sûr ?

— Je compte sur ses erreurs.

— Et… vous savez déjà lesquelles ?

— Le puzzle se met lentement en place. Avez-vous croisé le chemin de Michael Algar ?

— Le bulldog ?

— Lui-même.

— Quel affreux bonhomme ! J'ai horreur de tout ce qui ressemble de près ou de loin à un policier, et… Oh, pardon, inspecteur !

— Beaucoup de gens partagent votre sentiment, mademoiselle. Algar vous aurait-il importunée ?

— Il aurait d'abord dû m'attraper ! Comme je cours plus vite que lui, il n'avait aucune chance.

— Sans doute sortez-vous beaucoup le soir.

— Pas tant que ça, et de moins en moins. Ce n'est pas compatible avec l'entraînement. Je me suis bien amusée, je ne le cache pas, quand je faisais des études. Et cette fripouille d'Algar aurait bien voulu me mettre la main au collet !

— Pourquoi le qualifiez-vous de « fripouille » ?

— Il en a la tête, non ?

— Ne disposez-vous pas d'éléments plus… tangibles ?

— En tant que bulldog, il ne songeait qu'à nuire aux étudiants. Ce type est jaloux et refoulé, c'est sûr ! Ne croyez pas un mot de ce qu'il raconte.

— Nevil Wards ne compte pas que des amis, dirait-on. Stephen Oseney lui est franchement défavorable.

— Stephen Oseney ! s'exclama Matilda Wide. Le play-boy d'Oxford, le milliardaire à qui tout doit réussir, l'illusionniste qui se fait déjà passer pour le futur Premier ministre ! S'il échouait, celui-là, ça me réjouirait. Lui non plus, il ne faut pas le croire. Un garçon comme Nevil est bien trop courageux pour plaire à un parasite comme ce Stephen qui n'existe que par la richesse de sa famille. Si, au moins, il était modeste et discret, mais c'est la prétention incarnée ! Méfiez-vous de lui, inspecteur. Il est capable de tout.

— Vous aurait-il agressée ?

— S'il avait osé, je lui aurais mis mon poing dans la figure !

— Selon vous, Oseney pourrait-il être mêlé d'une manière ou d'une autre à l'assassinat de Thomas Duke ?

— Ce serait une excellente nouvelle. Hélas ! Je n'ai rien de précis à vous apprendre. Si Duke s'est mis en travers de son chemin, Stephen aura certainement songé à l'écarter. Aller jusqu'au crime… En réfléchissant, je suis certaine qu'il le peut ! Ce garçon ne supporte ni critiques ni réprimandes.

— Une personnalité me trouble, celle de Rosamund Stow-Billow.

— Vous n'êtes pas le seul, inspecteur ! Et vous ne l'avez pas vue la nuit, maquillée et habillée comme une jeunette.

— Vous, vous l'avez vue.

— À vrai dire, je ne la connaissais pas. C'est un camarade qui m'a murmuré à l'oreille alors que je dansais dans une boîte de nuit : « Regarde là-bas, c'est Stow-Billow, la grande professeure de latin qui s'affiche comme la vertu incarnée. » Elle était accompagnée d'un étudiant qui paraissait très amoureux. À Oxford, ça fait vraiment désordre ! Je suppose que quelqu'un est intervenu pour demander à cette grande dame de se calmer.

Higgins éprouvait quelques difficultés à reprendre son souffle.

— Je ne suis pas capable de vous suivre plus longtemps, mademoiselle. Même en marchant, vous adoptez le rythme d'une championne.

— Heureusement pour moi ! Sinon, je n'aurais aucune chance de gagner une course.

La jeune athlète s'éloigna à petites foulées, tandis que Higgins prenait des notes sur son carnet noir.

— 29 —

Frigorifié, le policier en civil chargé de veiller sur Merton College était fidèle au poste. Dans une heure, ce serait la relève, et il pourrait boire un litre de thé brûlant additionné de rhum.

Higgins s'approcha de lui.

— Rien à signaler ?

— Rien, inspecteur.

— Et vos collègues ?

— Calme plat. Lamford n'a pas quitté le collège. La nuit, il y a si peu de mouvement qu'il ne pourrait pas nous échapper. Faudra-t-il maintenir ce dispositif encore longtemps ?

— Le moins longtemps possible, j'espère.

*

On frappa à la porte du bureau.

— Entrez, dit Adam Lamford. Ah… c'est vous, inspecteur.

— Auriez-vous quelques minutes à m'accorder ?

— Bien entendu. Asseyez-vous, je vous en prie. Désirez-vous une tasse de thé ?

— Non, merci.

Ses grosses lunettes sur le nez, ses cheveux mal peignés, Adam Lamford classait des feuillets rédigés de sa main.

— Votre article semble avancer très vite.

— Je travaille jour et nuit, inspecteur, et je crois que je tiens le fil ! Au début, j'avais dix idées qui ne formaient pas une bonne architecture. J'en ai éliminé certaines, et j'ai finalement déniché celle qui tenait la route. À partir de là, les éléments chaotiques s'organisent.

— Exactement comme dans une enquête criminelle.

La comparaison fit sourire l'érudit.

— Je m'occupe du crépuscule du règne d'Auguste, inspecteur, pas d'un cadavre.

— Reconstituer le passé n'est pas si simple.

— Vous avez raison ! Parfois, on se décourage. Et puis l'on reprend le collier. Tant d'années d'études, tant d'efforts, tant de discipline intellectuelle et de rigueur scientifique ne peuvent pas déboucher sur le néant. Quand une perspective nouvelle finit par apparaître, c'est le bonheur du chercheur ! Et vous, inspecteur : avez-vous identifié l'assassin ?

— Beaucoup d'hypothèses éparses, aucune qui s'impose pour tout expliquer.

Adam Lamford rejeta la tête en arrière, comme si elle était trop lourde.

— Je travaille aussi pour ne pas songer à ce crime. La violence est ce qu'il y a de plus détestable en ce monde, et la voir s'exercer ici, à Oxford, s'attaquant à un haut dignitaire de l'université, c'est insupportable. Comme tous ceux qui vénèrent cet endroit, je compte beaucoup sur Scotland Yard. Ce crime ne doit pas rester impuni, Oxford doit retrouver son calme et sa grandeur.

Higgins consulta son carnet noir.

— Je tente d'opérer certains recoupements et j'ai pensé que votre avis me serait utile.

— Si je peux vous aider…

— Avez-vous entendu parler d'un certain Michael Algar ?

— L'un des bulldogs travaillant pour le *proctor* Thomas Duke ?

— En effet.

Adam Lamford ferma les yeux quelques instants.

— Oui, j'en ai entendu parler.

— Pas en bien, semble-t-il.

— Je dois être clair, inspecteur : je suis favorable au maintien du poste de *proctor* et à l'emploi de bulldogs pour faire régner l'ordre dans la population estudiantine et conserver l'estime des habitants d'Oxford. Mais, dans toute corporation, il y a des brebis galeuses.

— Michael Algar, par exemple.

— Je le crains.

— A-t-il commis de graves fautes professionnelles ?

— Algar est un peu rude et plutôt désagréable. Ce sont des qualités pour un bulldog obligé de se faire respecter. Non, son activité professionnelle n'est pas en cause. Sa vie privée, en revanche…

L'érudit ôta ses lunettes, contempla les verres, les essuya, puis rechaussa sa monture en prenant soin de bien coincer les branches derrière ses oreilles.

— Michael Algar a trompé sa femme.

— Est-ce un motif de renvoi suffisant ?

— Oui, car il l'a trompée avec des étudiantes, et c'est incompatible avec la dignité de sa fonction.

— A-t-il été convoqué par son patron, le *proctor* Thomas Duke ?

— À ma connaissance, non, car les faits n'étaient pas connus de M. Duke. Sur la demande pressante de plusieurs collègues, qui citent des noms, j'ai rédigé une pétition et recueilli des signatures. J'avais l'intention de transmettre ce document au *proctor* afin qu'il intervienne avec promptitude et de manière radicale.

De son écriture fine et rapide, Higgins écrivit quelques phrases qui enrichirent les pages consacrées à Michael Algar.

— Je suppose que vous connaissez bien Mme Stow-Billow.

— Une remarquable professeure et une latiniste de toute première force. Mon érudition est encore loin de valoir la sienne, et j'ai énormément d'admiration pour ses travaux. Certes, elle est très sévère avec les étudiants et dissuade beaucoup d'entre eux de continuer. La sélection est impitoyable, mais comment faire autrement ?

— Sa vie privée est-elle aussi irréprochable que sa carrière professionnelle ?

— Vous me gênez, inspecteur, vous me gênez beaucoup ! Je n'ai pas l'habitude de colporter des ragots sur les professeurs. Disons que la vie privée de Rosamund Stow-Billow n'est pas à la hauteur de sa carrière. C'est déplorable, je l'admets, mais je pense qu'une érudite de cette envergure saura mettre bon ordre à certaines divagations.

— 30 —

Après s'être accordé une longue douche brûlante, Higgins commanda un dîner léger, composé d'un potage de légumes, d'une épaule d'agneau grillée, de haricots verts, de fromages de chèvre et d'une île flottante, l'ensemble étant accompagné d'un bourgogne long en bouche.

Au moment où l'on servait le repas dans sa chambre, Scott Marlow fit son apparition.

— Maudite neige, déplora-t-il. Elle ne facilite pas les déplacements.

— Asseyez-vous, superintendant, et partageons ces mets. Il y en a largement pour deux.

— Du nouveau pendant mon absence ?

— Des interrogatoires sans révélations décisives. Et de votre côté ?

— Je n'ai pas chômé ! D'abord je suis allé voir Babkocks qui m'a fourni les conclusions de l'autopsie : rien de nouveau depuis ses premières constatations. Ensuite, j'ai confié au laboratoire le bronze que je vous rapporte. Déception absolue : aucune trace de sang. Rien que du vieux bronze, qui paraît plutôt authentique. Ce n'est pas cette statuette qui permettra d'incriminer Adam Lamford. Le buste d'Auguste n'est pas l'arme du crime.

— C'est bien ce que je craignais, reconnut Higgins. Nous ne la retrouverons jamais, à moins que l'assassin nous révèle l'endroit où il l'a cachée.

— Nos techniciens n'ont détecté qu'un seul détail intéressant : sur la vieille bible en latin qui se trouvait dans la chambre de Ward et de Plight, il y a trois sortes d'empreintes, celles des deux étudiants et celles de Thomas Duke. Pendant tout le trajet, je n'ai cessé de réfléchir à cette découverte.

— Qu'envisagez-vous ?

— Que Thomas Duke n'a pas été assassiné dès son entrée dans la chambre, et qu'il a pris le temps de converser avec son assassin. Il ne s'en méfiait pas et ne croyait pas que son entretien se terminerait de manière tragique.

— Pourquoi donc, superintendant ?

— Parce qu'il a manipulé cette bible. Ce n'est pas un geste qu'il a dû faire pendant les premières secondes.

— Je vous approuve tout à fait et je pense qu'il faut ajouter un élément en tenant compte de la nature de ce livre : une bible.

— Vous pensez… à un serment ?

— Exactement.

— Thomas Duke est entré dans cette chambre, il a discuté avec son assassin, ce dernier lui a demandé de prêter serment sur une bible… De quel engagement s'agissait-il ?

Higgins n'émit pas d'hypothèse.

Le superintendant commença à se restaurer pendant que son collègue réfléchissait.

— Tenons-nous-en à des faits simples et avérés, recommanda Marlow. Le meurtre a été commis dans une chambre de Worcester College, nous connaissons le nom de ses occupants qui, par surcroît, sont des amis.

Higgins sortit de son mutisme.

— Ne perdons pas de vue un autre fait : Thomas Duke était l'un des piliers d'Oxford et occupait un poste contesté par des étudiants comme par des professeurs.

— Un crime… professionnel, en quelque sorte ?

— Pourquoi pas ?

★

Un vent violent soulevait des tourbillons de neige, brouillant l'aspect des collèges d'Oxford qui apparaissaient comme des fantômes tapis dans une nuit d'hiver.

Pour le malheur de Higgins, Adam Lamford avait décidé de travailler tard, et la lumière brillait obstinément dans son bureau.

L'ex-inspecteur-chef se rappela les longues veilles au début de sa carrière, au cours desquelles il surveillait un suspect. Il fit appel aux techniques de contrôle du souffle qu'il avait apprises en Asie, afin de lutter contre la chaleur ou contre le froid.

Enfin, l'obscurité dans le bureau de l'érudit.

Les doigts gourds, l'ex-inspecteur-chef avança avec précaution, usant de sa capacité à voir dans les ténèbres. Ainsi évita-t-il les obstacles pour atteindre son but.

Et le bronze d'Auguste retrouva son profond tiroir, dûment fermé à clé, pour ne pas être la proie d'un cambrioleur.

— 31 —

Au cœur de la City, dans Threadneedle Street, trônait la Banque d'Angleterre depuis 1694. Le style de ses colonnes évoquait d'illustres monuments, comme le temple de la Sibylle à Tivoli ou l'arc de triomphe de Constantin. La grandeur artistique n'était pas précisément la destination de l'imposant édifice consacré à l'accroissement de la fortune du Royaume-Uni.

De son vaste bureau dont les meubles étaient en bois des îles, Watson B. Petticott tenait bon la barre. Relation obligée du Premier ministre et de tous les personnages influents du royaume, Petticott, sosie de Sherlock Holmes, était un camarade de collège de Higgins au très fermé club d'archéologie, dont les membres, ô combien solidaires, étudiaient surtout les grands crus classés et les plats traditionnels.

Bien qu'il fût l'une des têtes pensantes de la Banque d'Angleterre, Watson B. Petticott avait une passion pour les enquêtes policières. Lorsqu'on lui annonça la visite de Higgins et de Marlow, il mit rapidement fin à un ennuyeux rendez-vous où il n'était question que de milliards de livres sterling, et reçut avec enthousiasme les hommes de Scotland Yard.

— Comment vas-tu, Higgins ? Vous semblez en pleine forme, superintendant ! Asseyez-vous, je vous sers un porto qui vous réchauffera. Un vintage exceptionnel, vous verrez.

Watson B. Petticott ne mentait pas. Marlow, qui préférait les alcools plus corsés, apprécia néanmoins le délicat breuvage.

— Un meurtre sur les bras, je présume ? interrogea le banquier avec un œil gourmand.

— Quand je te révélerai le nom de la victime, tu seras surpris, Watson.

Le banquier fut intrigué.

— Ce n'est quand même pas un membre de la famille royale ?

— Il s'agit de Thomas Duke, déclara Higgins.

— Ce nom ne m'est pas complètement inconnu. Duke, Thomas Duke… Ne serait-ce pas le…

— Si, le *proctor* d'Ox…

— Ne prononce surtout pas ce nom-là ! Oublierais-tu que toi et moi sommes des anciens de Cambridge ? C'est donc l'un des *proctors* de « l'autre endroit » qui a été assassiné… Incroyable ! De quelle manière puis-je t'aider ?

— Je voudrais connaître la situation des comptes en banque des personnes dont voici la liste, ainsi que les mouvements de capitaux du trimestre dernier.

— Deux coups de téléphone à passer, et nous aurons le résultat dans un petit quart d'heure. Juste le temps pour toi de me raconter les péripéties de l'enquête. Bien entendu, tu me donneras le nom de l'assassin lors d'un prochain dîner.

Watson B. Petticott ne s'était pas vanté. Quatorze minutes après ses appels, l'un de ses assistants lui apporta les renseignements demandés par Higgins, qui les examina bientôt.

Thomas Duke n'avait aucune fortune, et son salaire était en grande partie consacré à l'achat de livres.

Rosamund Stow-Billow disposait de quelques milliers de livres sterling et dépensait régulièrement des sommes rondelettes pour augmenter sa garde-robe.

Adam Lamford percevait un modeste salaire et le dépensait aussitôt pour régler des frais de dactylographie et de reliure.

Stephen Oseney disposait de plusieurs comptes abondamment approvisionnés. Ses principales dépenses consistaient en frais de restaurant, en tournées de pubs, en achats de costumes, de chemises, de cravates et de chaussures, et en voyages.

Matilda Wide recevait chaque mois une belle somme de sa famille et dépensait pour son loyer, son équipement sportif et quelques menus plaisirs. Elle aimait beaucoup le parfum et fréquentait assidûment le salon de beauté, le coiffeur, le manucure, le pédicure et le masseur.

Le compte de Michael Algar présentait une anomalie. Le bulldog touchait son salaire, faisait une série de dépenses tout à fait normales, mais soustrayait de son compte cent livres par mois, dont la destination était inconnue.

Le compte de Giles Plight ne présentait aucun mouvement. Il avait touché une bourse au début de l'année et la gardait intacte.

Celui de Nevil Wards, en revanche, était des plus bizarres.

— La même bourse que Plight, constata Marlow, avec une différence notable : à la suite de cette somme, il y a une trentaine de versements, qui vont de trente à cent cinquante livres.

Quant à Humphrey Holden, le vieux gardien de Worcester College, il n'avait aucun compte en banque.

— Il touche pourtant un salaire, rappela le superintendant. Où cache-t-il son argent ?

— J'ai l'impression que votre visite n'a pas été inutile, dit Watson B. Petticott avec ravissement. Peut-être ces relevés bancaires vous offrent-ils la clé de l'énigme !

★

Marlow et Higgins passèrent à Scotland Yard, car l'ex-inspecteur-chef tenait à vérifier l'identité des suspects. Comme l'ordinateur central était en révision à cause de problèmes techniques, il fallut attendre un bon moment avant d'obtenir une première liste de Richard dont une moitié se prénommait Anthony et la seconde Arthur.

Furibond, Marlow exigea des informaticiens un travail sérieux.

— Voici le résultat, Higgins.

L'ex-inspecteur-chef lut le document.

— Tous les suspects nous ont fourni leur véritable identité.

— Une porte qui se ferme.

— Retournons à Oxford, superintendant. Nos investigations sont loin d'être terminées.

— 32 —

L'hiver connaissait une accalmie, la température remontait. Moins frigorifiée, la vieille Bentley roulait avec ardeur en direction d'Oxford.

— On n'est jamais assez attentif, constata Higgins en examinant une nouvelle fois les comptes bancaires des suspects.

— Quelque chose vous intrigue ?

— En détaillant les sorties d'argent de Stephen Oseney, je m'aperçois qu'il a versé une grosse somme au médecin de la clinique Flinty, à Londres. Or, ce jeune homme n'a visiblement aucun problème de santé. Demi-tour, mon cher Marlow.

*

Le directeur de la clinique était un petit homme rondouillard, aux mains potelées et à la parole onctueuse.

— Scotland Yard dans mon établissement : vous m'en voyez fort surpris, messieurs. Que puis-je pour vous ?

— Nous enquêtons sur un meurtre, révéla Higgins.

— Par tous les saints, un meurtre ! Il n'a quand même pas été commis chez moi ?

— Non, rassurez-vous. Mais l'un des suspects a été en rapport avec votre clinique et nous aurions besoin de renseignements sur son compte. Il s'appelle Stephen Oseney.

Le directeur se leva. Sa voix n'avait plus rien d'onctueux.

— Je suis tenu au secret médical, messieurs, et je n'ai rien à vous dire. De plus, vous faites erreur. Ce Stephen Oseney n'a jamais mis les pieds ici.

*

— Nous aurions pu insister, Higgins, et l'obliger à dire la vérité, protesta Marlow en se glissant dans les embouteillages londoniens.

— C'est la méthode dure, superintendant, et nous l'utiliserons si nécessaire. Commençons par la douce qui, si elle est efficace, sera beaucoup plus rapide.

Pendant que Marlow restait dans la Bentley, en stationnement interdit, avec l'espoir d'éviter une contravention, Higgins sonna à la porte du cabinet médical du docteur Stanley, l'un des membres de son club d'amis.

Bardé de titres et de diplômes, le docteur Stanley était l'un des meilleurs généralistes londoniens et l'un des pontes de la médecine britannique. Grand amateur de foie gras et de bourgogne, il ne prenait jamais de vacances, estimant que la maladie n'en prenait pas non plus.

Son assistante le prévint de la présence de Higgins. Dix minutes plus tard, le docteur Stanley le rejoignit dans un salon privé où leur avait été servi un whisky écossais de belle tenue.

— Encore un cadavre sur les bras, Higgins ?

— Un *proctor* d'Oxford.

— Quelle horreur ! Tu n'as quand même pas mis les pieds dans cet endroit qui devrait être rayé de la surface du globe ?

— Rassure-toi, je n'ai pas renié notre Cambridge. À aucun moment je n'ai révélé mon appartenance à la seule université digne de ce nom. Comme j'ai connu la victime, je me suis senti obligé d'enquêter, même en territoire ennemi.

— Je te félicite pour ton courage et je te plains pour l'épreuve que tu subis. Aurais-tu besoin d'un antidépresseur ?

— Non, mais de ton intervention musclée auprès du directeur de la clinique Flinty, qui refuse de communiquer un renseignement important à Scotland Yard.

— La clinique Flinty : une belle façade, des chambres luxueuses, et surtout l'appât du gain. L'une de ses spécialités lucratives est l'avortement thérapeutique. Bon, je m'en occupe tout de suite.

L'appel téléphonique du docteur Stanley dura une dizaine de minutes.

— C'est arrangé, Higgins. Mon cher collègue n'aura plus aucun secret pour toi.

★

— Entrez dans mon bureau, messieurs, dit le directeur de la clinique Flinty, pincé.

Le praticien se cala dans son fauteuil. Higgins et Marlow restèrent debout.

— Que voulez-vous savoir ?

— Vous avez bien eu un patient du nom de Stephen Oseney ?

— Disons que nous avons été en contact.

— De quoi souffrait ce jeune homme ?

— Lui ? De rien, inspecteur. M. Oseney n'était pas malade mais avait besoin de nos conseils pour l'une de ses amies.

— Son nom ? questionna Marlow.

— Il ne nous l'a pas donné.

— J'insiste !

— Je vous jure qu'il ne nous l'a pas donné, superintendant !

— De quoi souffrait-elle ? demanda Higgins.

— C'est assez délicat... Cette personne attendait de notre part une intervention très discrète en relation avec une grossesse non désirée.

— Quand avez-vous pratiqué cet avortement ?

Le directeur de la clinique avala sa salive.

— Eh bien... il n'a pas eu lieu.

— Vous mentez, affirma Marlow, ulcéré. Nous connaissons le montant de la somme que vous a versée Stephen Oseney.

— Nous l'avons bien perçue, comme c'est l'usage avant toute intervention de ce genre, mais le jour de son rendez-vous, la personne ne s'est pas présentée à la clinique. Dans ces cas-là, la somme versée nous reste acquise. Ce n'est pas si rare. Les femmes enceintes qui refusent d'avoir un enfant prennent une décision radicale, puis réfléchissent et, parfois, renoncent.

— Stephen Oseney est-il de nouveau entré en contact avec vous ?

— Non, inspecteur.

— 33 —

Çà et là, la neige fondait. Le beau manteau blanc d'Oxford ne serait bientôt plus qu'un souvenir, jusqu'à la prochaine offensive de l'hiver.

Higgins et Marlow se rendirent directement à Worcester College. Sa ronde terminée, le vieux gardien, Humphrey Holden, buvait un café brûlant.

— Bonjour, messieurs. Je vous verse une tasse. Quoique la température remonte, il faut quand même garder une bonne chaleur intérieure. C'est la clé de la santé.

— Pas d'incident ? demanda Higgins.

— Tout est calme, comme si rien ne s'était passé. Qui pourrait soupçonner, aujourd'hui, qu'un horrible drame s'est produit dans ce collège ? Bientôt, les étudiants vont rentrer, et la vie reprendra son cours. Il faut que vous arrêtiez cet assassin, inspecteur. Sinon, l'âme de Thomas Duke ne sera pas en paix et, malgré les apparences, celle d'Oxford non plus.

— Nous ne ménageons pas nos efforts, monsieur Holden. Vous touchez bien une petite retraite ?

— Elle me suffit. Du moment que je peux acheter du bon café…

— Avez-vous un compte en banque ?

— Ah, surtout pas ! Je n'ai aucune confiance en ces banquiers qui font de l'argent avec l'argent des autres. C'est à cause d'eux que tout va de mal en pis. Je fais comme mon père, je dissimule mes économies dans une boîte à thé. Vous voulez que je vous la montre ?

— Ce ne sera pas nécessaire.

★

L'inspecteur chargé de superviser la surveillance d'Adam Lamford paraissait fort ému.

— Je vous attendais avec impatience, et vous tombez bien ! Le suspect a quitté son bureau de Merton College avec un paquet sous le bras.

— Quelle direction a-t-il prise ?

— Il est entré dans All Souls College.

— Autrement dit, il est allé voir Mme Stow-Billow ! s'exclama le superintendant.

— Vérifions, proposa Higgins.

★

Face aux deux policiers de Scotland Yard, Rosamund Stow-Billow et Adam Lamford étaient dignes et raides comme deux statues romaines.

— Messieurs, déclara avec emphase la professeure de latin, je vous somme de sortir d'ici immédiatement.

Higgins s'approcha du bureau de la latiniste sur lequel trônait le buste en bronze de l'empereur Auguste.

— Un cadeau de M. Lamford, je suppose ?

— Ça ne vous regarde pas ! gémit l'érudit.

— Avez-vous apporté cet objet d'art à Mme Stow-Billow parce que vous vous sentiez coupable d'un délit ?

— Mais non ! Pourquoi pensez-vous que…

— Sortez ! exigea la professeure.

— Je ne comprends pas votre attitude, madame, dit Higgins avec douceur. Vous nous avez toujours reçus avec beaucoup d'amabilité et, cette fois, notre présence vous est insupportable. Pour quelle raison ?

Rosamund Stow-Billow et Adam Lamford se consultèrent du regard.

La professeure prit la parole.

— M. Lamford désirait me confier cette œuvre ancienne afin que je l'examine et que je lui donne mon avis sur la date de sa création. Il s'agit donc d'un entretien strictement confidentiel entre spécialistes et qui ne concerne en aucune manière Scotland Yard.

— Merci pour cette explication, chère madame. Elle nous satisfait pleinement, le superintendant et moi-même. Nous nous retirons pour vous laisser travailler.

*

À la surprise des deux policiers, Michael Algar avait quitté son logement de fonction de Balliol College.

Le gardien donna une adresse : Castle Street, près du centre commercial.

La famille Algar avait emménagé dans un quatre-pièces situé au premier étage d'une maison moderne, sans grand charme.

Ce fut l'épouse du bulldog, une brunette tout aussi dépourvue de charme que son appartement, qui ouvrit la porte.

— Votre mari est-il ici ?

— Vous êtes qui, vous ?

— Superintendant Marlow et inspecteur Higgins.

— La police… Qu'est-ce qu'il a fait, Michael ? C'est un homme honnête, vous savez, il est père de deux enfants. Vous n'avez pas le droit de l'embêter !

— Nous devons lui parler.

La brunette s'effaça à contrecœur.

La petite entrée et le salon étaient remplis de cartons.

— Vous venez de déménager, constata Marlow.

— C'est Michael qui a voulu. Michael et moi. Les vieux collèges d'Oxford, c'est bien joli mais pas confortable. Ici, on sera à l'aise pour élever les enfants. L'Antiquité, ça ne me plaît pas beaucoup. Il faut être de son temps.

Higgins remarqua que le front et la pommette gauche de l'épouse du bulldog portaient des traces de coups.

— Vous seriez-vous cognée, madame ?

La brunette rougit, se détourna et s'empara d'un plumeau pour épousseter une commode sans style.

— C'est ça, je me suis cognée. Ça arrive, dans les déménagements, avec tous ces meubles et ces cartons.

— Auriez-vous l'obligeance de prévenir votre mari de notre présence ?

— Michael dort… Ça me gêne de le réveiller. Vous ne pourriez pas revenir plus tard ?

— Malheureusement non.

— Alors, il faut que je le réveille.

D'un pas traînant, l'épouse du bulldog se dirigea vers la porte d'une chambre qu'elle ouvrit sèchement et qu'elle referma de même.

Quelques minutes plus tard, elle en ressortit en compagnie de Michael Algar, vêtu d'un pyjama rayé et d'une robe de chambre médiocre.

— Encore vous ! Qu'est-ce que vous me voulez ?

— Nous avons le plaisir de vous apprendre que notre enquête avance, déclara Higgins.

— Tant mieux, tant mieux… Moi, je n'ai plus rien à vous apprendre.

— Vous êtes trop modeste, monsieur Algar. Nous sommes persuadés que vous allez nous aider à franchir une étape décisive.

Le menton pointu du bulldog se redressa, agressif.

— Et comment ça ?

— En nous disant à qui vous remettez, chaque mois, une somme de cent livres sterling.

— 34 —

Le bulldog Michael Algar fut brutalement réveillé.

— Qu'est-ce que vous racontez ? C'est n'importe quoi, cette histoire !

— Il vous faudra trouver un meilleur système de défense, estima Higgins. Vos relevés de compte bancaire sont explicites.

Deux jeunes enfants, tenant des poupées, firent irruption dans le salon.

— Retournez dans votre chambre, ordonna le bulldog, qui les gratifia au passage d'une paire de gifles.

Sa femme s'agrippa à son bras.

— Arrête de les taper !

— Les gosses, ça ne comprend que ce langage-là !

D'un geste brusque, Algar écarta son épouse.

— Je peux vous arrêter sur-le-champ pour mauvais traitements infligés à des enfants, déclara Scott Marlow, indigné.

— Vous plaisantez ou quoi ? Je les élève à ma façon, et c'est la bonne.

Higgins fixa le bulldog.

— À qui remettez-vous chaque mois ces cent livres ?

— C'est mon argent. J'en fais ce que je veux.

La brunette enrageait.

— Tu nous volais l'argent du ménage ! À cause de toi, je n'arrive même pas à habiller correctement les enfants.

— Toi, tu es toujours en train de te plaindre !

— Et toi, vieux cochon, tu as une maîtresse ! Maintenant, j'en suis sûre. Certains matins, tu rentres avec un drôle de parfum. Tu as une maîtresse, hein, et tu la payes !

— Tais-toi donc, pauvre sotte !

La brunette jeta un regard incendiaire à son mari.

— J'en ai assez de me taire. Et j'en ai assez d'être battue.

— Tu déblatères ! Tu as encore bu !

— J'en aurais plus d'une, des raisons de boire... Tu crois que ces policiers n'ont pas vu les traces de tes coups sur ma figure ? Dis la vérité, Michael, ou je vais raconter comment tu nous traites, moi et les enfants. Je porterai plainte, et tu iras en prison.

La rage froide de sa femme impressionna le bulldog.

— Bon, d'accord, j'ai une maîtresse. Ça peut se comprendre, non ? Quand on a une femme aussi acariâtre et aussi agressive, on a envie d'aller voir ailleurs. Si je reste, c'est pour les enfants. Le divorce, c'est contre mes principes.

La brunette disparut quelques instants dans la cuisine et réapparut, un couteau à la main.

— Je vais te saigner, espèce de porc !

Scott Marlow, qui ne manquait pas de courage physique, réussit à s'interposer et à saisir le poignet de la furie, qui lâcha le couteau.

Le superintendant le ramassa.

— Ne recommencez pas, madame. Un tel geste vous conduira tout droit en prison, et vous serez séparée de vos enfants.

La femme du bulldog se calma. Des larmes coulèrent sur ses joues.

— Puisque je ne peux pas le tuer comme ça, je vais le faire d'une autre manière.

Michael Algar brandit le poing.

— Tais-toi ou je te cogne !

Marlow empoigna le bulldog par son col de pyjama.

— Restez tranquille, Algar, ou je vous passe immédiatement les menottes. Et je vous colle sur le dos un nouveau motif d'inculpation : agression sur la personne d'un superintendant de première classe.

— Ça va, laissez tomber.

Marlow relâcha sa prise, le bulldog recula et croisa les bras.

— Parlez, recommanda Higgins à son épouse.

— Si tu lui obéis, glapit Michael Algar, je suis foutu ! Pense à nos enfants !

— Taisez-vous, Algar ! ordonna Marlow.

La brunette se tassa sur elle-même.

— Cette existence-là, je n'en veux plus. J'ai aimé Michael, car je croyais qu'il serait un bon mari et un bon père de famille. Mais c'est une brute qui ne sait que cogner quand il est contrarié. En plus, il a une maîtresse, parce que je ne suis plus assez jeune ni assez jolie. Alors, je vais parler.

— Ferme-la ! hurla le bulldog.

— Dernier avertissement, tonna Scott Marlow. Un mot de plus, et je vous bâillonne.

— Vous désirez nous parler de l'assassinat de Thomas Duke, n'est-ce pas ? interrogea Higgins avec douceur.

— Oui, inspecteur.

— C'est votre mari qui vous a appris cette tragédie ?

— Oui, après que vous l'avez interrogé.

— Semblait-il impressionné ?

— Beaucoup plus que ça, inspecteur ! Je ne l'ai même pas reconnu. J'ai tout de suite senti qu'il y avait quelque chose de bizarre. Duke était son patron, mais de là à être bouleversé comme ça ! Et vous savez ce que mon mari a exigé de moi ? En menaçant de me battre à mort, il a ordonné que je fasse un faux témoignage si on m'interrogeait.

— Quel genre de faux témoignage ?

— Je devais affirmer que, le matin de l'assassinat, trois jours avant Christmas, Michael dormait dans son lit.

— Et ce n'est pas la vérité.

— Non, inspecteur. Michael s'est levé tôt, il a quitté notre logement de fonction, peu après neuf heures. Je ne l'ai revu que pour le déjeuner.

Higgins se tourna vers le bulldog.

— C'est bien exact, monsieur Algar ?

— Je préfère ne pas répondre.

— Lorsque vous étiez si pressé de nous quitter, vous alliez chez votre maîtresse, n'est-ce pas ?

— Pensez ce que vous voulez.

— Et vous y alliez pour un motif bien précis : lui demander de nier toute relation avec vous, si nous remontions jusqu'à elle.

— Je n'ai pas à vous répondre.

— Je crois que si, monsieur Algar. Vous allez nous emmener immédiatement chez cette femme. Sinon, nous vous arrêtons pour le meurtre de Thomas Duke.

— 35 —

La mâchoire du bulldog Michael Algar tomba, ses pommettes s'enflammèrent.

— J'ai une maîtresse, d'accord, mais ça n'a aucun rapport avec l'assassinat du *proctor* Duke !

— Un rapport très étroit, au contraire, puisque votre maîtresse est une étudiante de l'université d'Oxford, affirma Higgins.

Un profond étonnement envahit le regard du bulldog.

— Comment… Comment le savez-vous ?

— Le *proctor* l'avait appris et avait l'intention de vous chasser de votre poste. Une seule solution pour vous, l'éliminer.

— C'est faux, complètement faux ! Le matin du crime, je me trouvais chez ma maîtresse !

— Allons la voir en espérant pour vous qu'elle confirmera votre alibi.

Le bulldog se renfrogna.

— Pas question.

— Vous avez ordonné à votre femme de faire un faux témoignage et, à présent, vous refusez de nous donner le nom de la personne qui pourrait vous innocenter. Autrement dit, vous n'avez aucun alibi et vous êtes bien l'assassin de Thomas Duke.

— J'ai juré à cette fille de garder le secret, quoi qu'il arrive !

— Comme vous voudrez, Algar, intervint Marlow. Même un très bon avocat peinera à vous sortir de ce mauvais pas.

— Tant mieux ! rugit l'épouse du bulldog.

— Tu aimerais me voir en prison pour la vie, vipère ! Eh bien, tu seras déçue ; venez avec moi, messieurs. Je vais vous faire rencontrer ma maîtresse. Elle m'innocentera.

★

Elle était blonde, âgée de vingt ans, et jolie comme peut l'être une Anglaise aux yeux coquins et au minois attirant. Elle habitait un petit deux-pièces dans Woodstock Road, meublé avec goût.

Quand elle ouvrit sa porte, elle portait un tee-shirt orange, un short beige et suçait une sucette à la menthe.

— Tiens, Pussy ! s'exclama-t-elle en apercevant Michael Algar. Pourquoi tu n'es pas tout seul ? Ce sont tes amis ?

— Désolé de vous décevoir, mademoiselle. Je suis l'inspecteur Higgins, de Scotland Yard, et voici mon collègue, le superintendant Scott Marlow. Nous avons besoin de vous consulter pour une affaire particulièrement grave.

— Il n'est rien arrivé à Pussy, au moins ? Ah non, puisqu'il est là. Alors, qu'est-ce qu'il y a de grave ?

— Pouvons-nous entrer ?

— Bien sûr !

La jeune blonde ouvrit largement sa porte. Son petit appartement était peuplé de peluches, surtout des otaries et des baleines.

— Que faisiez-vous le 22 décembre au matin ?

La jeune femme partit d'un petit rire mutin.

— Vous ne pouviez pas me poser une question plus difficile, inspecteur ! Je ne me souviens même pas de ce que j'ai fait il y a une heure !

Michael Algar blêmit.

— Souviens-toi, bichette, nous avons passé la matinée ensemble. Je t'ai apporté tes cent livres, et tu m'as demandé de rester avec toi pour te réchauffer.

— C'est bien possible, Pussy.

— Mais c'est certain !

— Si tu le dis. Moi, tu sais, je ne vois pas les journées passer et je ne m'intéresse pas du tout aux dates.

— Dis-leur, bon sang, dis-leur que c'était bien le matin du 22 décembre !

— Pour te faire plaisir, Pussy, je dirai à ces messieurs tout ce que tu veux. On est si bien ensemble, mamour.

D'une main fine aux ongles parfaitement manucurés, la jeune blonde caressa la joue du bulldog.

Ce dernier lui saisit le poignet.

— Tu me fais mal, Pussy !

— Dis-leur que j'étais avec toi ce matin-là, que je suis arrivé à neuf heures trente et que je ne suis pas parti avant midi !

— Comme tu veux, Pussy, mais lâche-moi, tu me fais trop mal !

Scott Marlow écarta Michael Algar.

— Votre alibi ne semble pas d'une solidité à toute épreuve.

— Je vous ai dit la vérité, et cette fille doit vous le confirmer !

La jeune blonde se massa le poignet.

— Tu as l'air bien énervé, Pussy, et je ne comprends pas pourquoi.

Higgins la considéra avec un air paternel.

— M. Algar ne vous a-t-il pas demandé de témoigner en sa faveur, quoi qu'il arrive ?

— Si, inspecteur, mais c'est bien normal, puisque nous nous aimons.

— Tais-toi, petite imbécile !

Marlow plaqua le bulldog contre la porte.

— Plus un mot, Algar !

La jeune blonde regarda Higgins avec étonnement.

— Pussy est vraiment très énervé. Il a des ennuis ?

— Vous le connaissez depuis longtemps ?

— Quelques mois.

— C'est un peu délicat, mademoiselle, mais je suis obligé de vous poser cette question : qui a eu l'idée du versement des cent livres chaque mois ?

— J'en ai besoin, inspecteur. Oh, je ne suis pas une femme de mauvaise vie, bien au contraire, puisque je n'ai que trois amants, Pussy compris. Je suis étudiante en physique, mes parents ne sont pas riches et j'ai quelques obligations financières. C'est pourquoi Pussy a accepté de m'aider si gentiment.

— De quelle nature sont ces obligations ?

Le sourire naïf de l'étudiante aurait fait se damner quelques saints un peu vacillants en matière de morale.

— Oh, vous savez, une jeune femme aime dépenser. Le maquillage, les vêtements, quelques sorties... L'argent file vite.

— Je crois que vous avez à subir d'autres exigences.

La blonde minauda.

— Peut-être bien.

— Vous avez fait quelques bêtises, quelqu'un l'a su, ce quelqu'un vous a menacée de vous dénoncer au supérieur de votre collège, et il exige de vous une petite somme mensuelle pour se taire. L'argent que vous verse Algar vous aide à satisfaire le maître-chanteur.

— Vous êtes tellement charmant, inspecteur, que je n'ai pas envie de vous mentir : c'est exactement ça.

— Quel est le nom de ce maître-chanteur ?

— Nevil Wards.

— 36 —

Non loin de Carfax, le grand carrefour d'Oxford, le marché couvert, bâti en style victorien, était un haut lieu d'échange pour les habitants de la cité universitaire. Les gastronomes y trouvaient gâteaux, chocolats fins, cafés et thés exotiques, légumes, charcuterie et autres petits plaisirs qui embellissent l'existence.

— Je connais bien cet endroit, dit Nevil Wards, contrarié. Pourquoi m'avoir amené ici, inspecteur ?

— D'abord pour le plaisir des yeux ; ensuite, pour évoquer votre petit commerce.

Scott Marlow observait de près les réactions de l'étudiant, craignant qu'il ne tentât de s'enfuir.

— Mon petit commerce ? Je ne comprends pas.

— Nous avons étudié avec soin votre compte en banque, monsieur Wards. De curieuses rentrées, le trimestre dernier. De nombreux versements, de trente à cent livres. Or, nous venons justement de recueillir le témoignage de l'une des personnes que vous contraignez à vous verser de l'argent.

— « Contraignez » ? Pourquoi employez-vous ce terme ?

— Parce que vous pratiquez une sorte de chantage, monsieur Wards. Ce type d'activité est condamné par la loi.

L'étudiant garda son sang-froid.

— Vous vous méprenez complètement, inspecteur !

— En ce cas, pourriez-vous nous expliquer ?

— Sans aucune difficulté ! Je rends une multitude de petits services à des étudiants, travaux de plomberie, de menuiserie, ménage, que sais-je encore, et je réclame une rémunération, même modeste. Je n'ai pas de fortune et je ne peux pas travailler pour rien. Certains étalent leur paiement sur plusieurs mois.

— Serait-ce le cas d'une jeune femme blonde, étudiante en physique, qui habite…

— Dans Woodstock Road ? Vous me parlez de Lily ! Une cliente fidèle, c'est vrai. J'ai repeint son appartement et posé la moquette. Elle est gentille, un peu mythomane, adore la littérature fantastique et s'invente des contes à dormir debout dont elle est l'héroïne, tantôt triomphante, tantôt torturée.

— Vous êtes donc à la fois étudiant et travailleur au noir.

— Ça explique mes difficultés à poursuivre mes études de façon aussi brillante que d'autres. Cet argent de poche, j'en ai besoin. Je ne mets en péril ni l'économie britannique ni la grandeur d'Oxford.

*

Longue impatience de l'azur,
Trouble infini des nuages d'hiver,
Abandon mystérieux des soleils oubliés,
Nuit de l'âme aux contours abolis,

écrivait Harriett J.B. Harrenlittlewoodrof dans sa *Ballade à la Tamise le long d'Oxford* avec une belle acuité.

En se promenant, solitaire, sur les berges du fleuve, Higgins tentait de mettre de l'ordre dans ses idées. Il s'arrêtait souvent pour consulter ses notes, étayer une hypothèse, en soulever aussitôt les contradictions, puis y renoncer.

Tout paraissait pourtant relativement simple, mais ne s'agissait-il pas d'une illusion d'optique, voire d'un mirage ? À plusieurs reprises, l'ex-inspecteur-chef était revenu sur la piste de l'assassin qu'il croyait avoir identifié, sans pouvoir porter l'estocade, car il lui manquait la preuve décisive.

Comme il le redoutait, impossible de retrouver l'arme du crime. Il ne restait que le cadavre d'un *proctor* d'Oxford et des suspects qui se défendaient pied à pied.

Higgins avait obtenu la réponse à la plupart de ses questions.

Oui, il connaissait l'assassin, avec cet étrange sentiment de certitude qui ne laisse aucune place au doute.

C'était néanmoins insuffisant.

Placé devant un raisonnement pourtant inattaquable, l'assassin nierait et nierait encore, trouvant une échappatoire qui jouerait en sa faveur au tribunal.

La condamnation ne serait pas prononcée, le travail des enquêteurs n'aurait servi à rien, et la mémoire de Thomas Duke sombrerait dans les ténèbres.

L'ex-inspecteur-chef avait décidé de terminer sa longue promenade par Worcester College. Revenir plusieurs fois sur le lieu du crime était parfois nécessaire, de manière à poser un regard différent sur une même réalité.

Dans le cas présent, la réalité avait quelque peu changé, puisque la neige avait totalement fondu, laissant apparaître la pelouse qui, dès les pluies abondantes du printemps, redeviendrait une merveille.

Higgins ouvrit son carnet noir à la page sur laquelle il avait dessiné la trajectoire des traces de pas qu'avait vues le gardien.

Aucun doute : en s'enfuyant, l'assassin avait soigneusement évité les allées et n'avait marché que sur la pelouse, en empruntant d'ailleurs un chemin qui semblait incohérent.

L'ex-inspecteur-chef refit lui-même ce parcours.

Alors il comprit.

★

— J'ai réfléchi toute la journée, Higgins, et voici le résultat.

Marlow écrivit un nom sur un morceau de papier et le montra à son collègue.

— Je suis d'accord avec vous, superintendant.

— Nous l'arrêtons ?

— La preuve ?

Marlow fit la moue.

— Il nous faudrait l'arme du crime.

— N'y comptons pas.

— Que faire ?

— Convoquez tous les suspects, demain matin à neuf heures au Sheldonian. Vous demanderez aux autorités administratives de le faire ouvrir spécialement pour l'occasion. Pourriez-vous me prêter votre Bentley ?

— Où désirez-vous aller ?

— Je vais chercher la preuve qui nous manque.

— 37 —

Le Sheldonian Theatre, construit de 1664 à 1669 selon les plans du jeune Christopher Wren et financé par l'archevêque Sheldon, était un haut lieu d'Oxford où se déroulaient les cérémonies universitaires. L'architecte avait voulu donner à son œuvre la forme d'un théâtre romain de plein air ; c'est pourquoi le plafond symbolisait le ciel. Des chérubins étaient chargés de soulever un dais pour révéler une scène dans laquelle la Vérité descendait parmi les Arts et les Sciences afin de chasser l'Ignorance, l'Envie et le Vol. Au demeurant, l'entrée du Sheldonian Theatre ne faisait-elle pas face à la Divinity School, l'« École de la divinité » ?

Rosamund Stow-Billow fut la première à pénétrer dans le Sheldonian Theatre. Elle prit naturellement place sur la banquette réservée aux professeurs.

La suivit Adam Lamford, qui n'avait pas manqué de jeter un œil aux bustes romains, plutôt grossiers, qui couronnaient des piliers rythmant les grilles, à l'extérieur du Sheldonian Theatre. Ne les appelait-on pas « les empereurs » ou « les césars » ? L'érudit s'assit non loin de la professeure.

Nevil Wards et Giles Plight s'aventurèrent avec prudence dans ce temple de la culture où, un jour peut-être, leur seraient décernés les diplômes qu'ils espéraient. Ils s'assirent côte à côte, derrière Rosamund Stow-Billow et Adam Lamford.

Vêtu d'un costume noir, son chapeau noir à la main, le bulldog Michael Algar resta debout, à bonne distance des deux étudiants.

Aussi élégant qu'arrogant, Stephen Oseney s'installa sur les marches qui menaient à la rangée des dignitaires.

Apparemment impressionnée, Matilda Wide demeura debout, près de la porte d'entrée, à côté du superintendant Marlow, lequel, conformément aux instructions de Higgins, n'avait pas convié à cette reconstitution le vieux gardien de Worcester College.

Au centre de l'auditorium, le trône du chancelier d'Oxford. Higgins n'eut pas l'impudence de l'occuper mais regarda quelques instants les symboles des deux *proctors*, évocation des fasces romaines, qui symbolisaient l'autorité de la hiérarchie sur le monde estudiantin.

— Je vous remercie d'avoir répondu à notre convocation, dit l'ex-inspecteur-chef. Cette réunion est indispensable pour tenter d'atteindre la vérité et d'identifier l'assassin du *proctor* Thomas Duke.

L'atmosphère devint lourde.

— Ma présence est-elle vraiment indispensable ? demanda Rosamund Stow-Billow.

— Elle l'est, madame.

— Eh bien, inspecteur, allons au fait !

— Commençons par scruter la personnalité de la victime, le *proctor* Thomas Duke. Vous-même, madame, n'avez pas tari d'éloges sur son compte et fermement défendu le bien-fondé de sa fonction. Adam Lamford considérait M. Duke comme un homme droit et juste, et bien des déclarations faisaient de lui l'un des piliers d'Oxford, un personnage sévère et compétent, et qui aimait les étudiants, comme l'a souligné son subordonné, Michael Algar. Même Stephen Oseney, plutôt ironique et critique, estimait que Thomas Duke assumait parfaitement la tâche qui lui avait été confiée. Giles Plight et Nevil Wards respectaient le *proctor*. Seule Matilda Wide s'est montrée particulièrement acide à l'égard du défunt, mais son témoignage a-t-il une quelconque valeur ? N'étant plus étudiante mais sportive, elle manifestait une rancœur bien compréhensible à l'égard d'une institution qui l'avait rejetée.

La jeune femme ne protesta pas.

— À quoi vous sert ce portrait ? demanda Oseney.

— À établir que Thomas Duke était un excellent *proctor* et qu'il n'avait d'autre souci que le prestige d'Oxford.

— Une évidence, non ?

— Si je n'ai qu'un seul conseil à vous donner, monsieur Oseney, c'est de vous méfier des évidences. Elles sont souvent de redoutables trompe-l'œil. Un fait acquis, donc : le *proctor* Thomas Duke ne transigeait pas avec les lois d'Oxford et ne jetait pas un voile opaque sur les infractions.

Higgins vint à côté de Giles Plight.

— Sur votre compte, monsieur Plight, je n'ai entendu que des louanges : étudiant remarquable, doué, travailleur, consciencieux, avec un brillant avenir devant lui. Un futur professeur et un chercheur capable de faire de remarquables trouvailles.

Le jeune homme rougit jusqu'aux oreilles.

— Je... je ne sais pas, inspecteur... Je ne suis qu'un *undergraduate* qui n'a pas encore obtenu ses diplômes.

— Ayez davantage confiance en vous, et je crois que tout ira pour le mieux, monsieur Plight. Quelqu'un ne vous aime pas, cependant : la même personne qui détestait aussi Thomas Duke, à savoir Matilda Wide. Elle vous considère comme un hypocrite, une sorte de sainte nitouche.

Giles Plight jeta un regard attristé en direction de la jeune femme.

— Nous ne sommes pas amis, Matilda et moi. Je regrette qu'elle soit aussi sévère à mon encontre. J'ai toujours essayé d'être sincère.

Avec son visage ingrat et ses taches de rousseur, Giles Plight paraissait peiné.

Matilda Wide haussa les épaules.

— Les forts en thème sont tous pareils, ils ne supportent pas la critique ! Ce n'est pas d'eux qu'on fera des hommes. Moi, je me heurte à l'effort physique et je sais ce que souffrir signifie. Ce n'est pas en s'enfermant dans des livres qu'on apprend la vie.

— Vous avez des jugements bien tranchés ! protesta Adam Lamford.

— Vous, vous êtes encore pire que ce malheureux Giles !

Lamford fit front.

— Vous n'avez rien à faire à Oxford, mademoiselle, et j'espère que vous disparaîtrez bientôt du paysage. Feu Thomas Duke et Giles Plight peuvent être fiers de subir les attaques d'une personne aussi perfide que vous.

— Tirade débile, mon pauvre ami ! Enterrez-vous dans votre université si ça vous chante.

Rosamund Stow-Billow se dressa, martiale.

— Taisez-vous, mademoiselle. Vous déshonorez cet endroit où, par bonheur, vous n'aurez plus l'occasion de pénétrer.

Impressionnée, Matilda Wide n'insista pas.

Higgins se plaça face à la professeure de latin, très digne dans son tailleur brun.

— Si nous revenions au crime ? proposa l'ex-inspecteur-chef.

— 38 —

La professeure de latin fut choquée par la question de Higgins.

— Ce meurtre est une horreur, inspecteur, et il m'a bouleversée. Cependant, je ne porte aucune responsabilité dans ce drame, comme vous avez pu le constater au cours de votre enquête.

— Giles Plight vous considère comme une remarquable enseignante, quoique très sévère.

— C'est la tradition d'Oxford, et je suis fière de la respecter. Si nos exigences étaient moindres, les élites du pays seraient affaiblies.

— Même Nevil Wards, qui est un étudiant moins brillant que son ami Plight, vous reconnaît de grandes qualités de pédagogue, tout en émettant des réserves sur votre vie privée, de même qu'Adam Lamford.

Higgins eut l'impression que le ciel tombait sur la tête de Rosamund Stow-Billow.

— L'opinion d'un médiocre comme Wards m'importe peu, déclara-t-elle d'une voix brisée. Comment Lamford, cet estimable érudit, ose-t-il colporter de tels ragots !

L'enseignante se tourna vers Adam Lamford, qui baissa les yeux derrière ses grosses lunettes.

— J'ai malheureusement recueilli un témoignage plus précis qui corrobore la rumeur, précisa Higgins.

— C'est grotesque ! Qui me calomnie ?

— Moi, répondit Matilda Wide, un mauvais sourire aux lèvres. Je vous ai vue, dans une boîte de nuit, avec un minet !

— Cette fille est complètement folle, inspecteur ! Pour me nuire, elle inventerait n'importe quoi !

— C'était bien vous, confirma la jeune femme, glaciale. Je suis prête à le jurer devant le tribunal.

— Vous vous trompez, mademoiselle, vous m'avez confondue avec une autre.

— Oh non, chère madame ! Vous portiez d'autres vêtements, moins austères, et c'était bien vous. Et le garçon qui vous embrassait était beaucoup plus jeune que vous.

— Taisez-vous donc, petite effrontée ! Vos divagations n'intéressent personne !

— Je suis obligé de les prendre en compte, déclara Higgins, de même que les déclarations de Michael Algar qui, tout en remarquant que vous n'êtes guère commode avec les personnes que vous n'appréciez pas, s'interroge sur l'état de vos relations avec le *proctor* Thomas Duke.

— Mes relations…

— Autrement dit, vous sembliez en bons termes, mais n'était-ce pas une comédie ?

— Ne vous ai-je pas affirmé qu'il n'y avait aucun motif de dissension entre Duke et moi ?

— Pourquoi êtes-vous allée le voir, la veille de son assassinat ?

— Je... Je ne me souviens plus.

— Stephen Oseney, qui a recueilli des témoignages à propos de ce rendez-vous, vous définit comme le feu sous la glace. Aussi peut-on émettre une hypothèse : n'aviez-vous pas l'intention de demander en mariage le *proctor* Thomas Duke, célibataire comme vous ?

Rosamund Stow-Billow se raccrocha aussitôt à cette bouée de sauvetage.

— Oui, vous avez tout compris, inspecteur ! C'était bien le motif de cette entrevue.

— Supposons que Thomas Duke ait refusé votre proposition, madame. Pour vous, une injure impardonnable. Impardonnable au point de faire de vous une meurtrière, car comment auriez-vous pu supporter que cet affront fût connu de tout Oxford ? En vous éconduisant, Thomas Duke se condamnait à mort.

— Il n'a jamais été question de mariage entre nous, inspecteur ! C'est vous qui venez de formuler cette idée ridicule !

— Écartons-la, madame. Il nous faut alors revenir au témoignage de Mlle Wide.

— Non... ce n'est pas sérieux !

— D'une manière ou d'une autre, vos écarts de conduite ont été portés à la connaissance du *proctor* Duke. Horrifié, il a voulu éviter que le scandale ne rejaillît sur Oxford. C'est pourquoi il vous a convoquée. La teneur de ses propos est assez facile à imaginer : une sévère remontrance et l'interdiction de récidiver sous peine de vous frapper d'un blâme si déshonorant qu'il aurait mis fin à votre carrière. Vous auriez été obligée de quitter Oxford, ce qui est pour vous pire que la mort.

Abattue, Rosamund Stow-Billow se cacha le visage dans les mains.

— Vous n'avez pas le droit de dire ces atrocités, inspecteur, vous n'avez pas le droit…

— Est-ce bien la vérité, madame ?

La professeure de latin reprit un semblant de dignité.

— Oui, j'ai rencontré le *proctor* Thomas Duke. Oui, nous avons parlé de mon comportement et de certaines de mes rencontres passées et oubliées depuis longtemps. Sous ma toge de professeure, je suis aussi une femme, et personne ne peut m'interdire d'avoir des émotions. Quand un homme aime des femmes plus jeunes que lui, personne ne le lui reproche. Mais une femme ne peut s'amouracher que de vieux messieurs riches et dignes. Sinon, elle est considérée comme une traînée et condamnée par la morale publique. Comme je tiens à mon poste et à l'honneur sans tache d'Oxford, j'ai renoncé à beaucoup de passions, inspecteur. Thomas Duke le savait. Néanmoins, je croyais avoir trouvé l'amour avec un homme plus jeune que moi, certes, mais digne de confiance et d'estime, un homme que j'aurais pu épouser sans déclencher de scandale, un homme qui vient de me prouver sa veulerie et sa médiocrité.

La professeure de latin se détourna pour cacher ses larmes naissantes.

Higgins s'adressa à Adam Lamford.

— Ces reproches ne vous paraissent-ils pas justifiés ?

— 39 —

Nerveux, Adam Lamford passa la main dans ses cheveux mal peignés.

— Moi... Pourquoi moi ? Je suis complètement étranger à toutes ces histoires. Je n'ai qu'une passion : le siècle d'Auguste.

— Giles Plight vous considère comme un excellent *don*, rappela Higgins. Vous aidez Nevil Wards de manière efficace, grâce à vos qualités d'enseignement. Dans le domaine de la recherche, en revanche, Mme Stow-Billow craint que vous ne manquiez d'envergure.

— Personne n'a le droit de dire ça ! s'enflamma Adam Lamford. Je prouverai à Oxford et à la communauté scientifique que mes hypothèses sont valables et que je suis un grand chercheur !

— Votre élève, Nevil Wards, reprit l'ex-inspecteur-chef, n'est pas aussi élogieux que Giles Plight. Il estime que vous êtes complexé et que vous cachez un secret peu honorable.

— Cet étudiant est trop persifleur !

— Stephen Oseney est plus précis. Il apprécie votre érudition, mais vous qualifie d'hypocrite, et vous a vu traîner un peu partout « pour épier je ne sais quoi ou je ne sais qui », d'après ses propres termes.

— Tout ça n'a aucun sens, inspecteur.

— Oseney a la dent dure, mais il est observateur. Je crois que vous êtes une sorte d'œil de Moscou à l'intérieur de l'université d'Oxford, que vous distribuez de bons ou de mauvais points aux étudiants en fonction de vos critères personnels, et que vous n'hésitez pas à informer tel ou tel professeur sur tel ou tel étudiant en souhaitant ainsi faire progresser plus rapidement votre carrière.

— Qu'est-ce que vous allez imaginer !

— C'est exact, inspecteur, précisa Rosamund Stow-Billow. Dans toutes les universités du monde, il y a des personnages comme Adam Lamford.

L'amateur d'Auguste tenta de se faire tout petit sur son siège, avec l'espoir que Higgins l'oublierait. L'ex-inspecteur-chef continua.

— Il y a beaucoup plus ennuyeux, monsieur Lamford. Vous avez logé dans la chambre de Worcester College où le *proctor* Thomas Duke a été assassiné. Vous y avez laissé une statuette qui vous appartenait et a servi d'arme du crime.

Les yeux emplis d'angoisse, Adam Lamford se mit à trembler.

— L'arme du crime... J'ignore tout de ces événements ! Et vous n'avez pas le droit de relier ces éléments entre eux ! C'est de la mauvaise science, inspecteur.

— Vous n'êtes pas un homme généreux, monsieur Lamford, et l'on imagine mal que vous fassiez cadeau d'un tel objet. Or, l'assassin a pris soin d'emporter la statuette qu'il avait utilisée pour fracasser la nuque de Thomas Duke. Vous avez récupéré votre bien, n'est-ce pas ?

— Non, je vous jure que non ! Je vous ai expliqué que j'avais fait don de cette statuette à mon premier collège, et c'est la vérité ! Il s'agissait d'ailleurs d'une copie sans valeur, et je n'avais aucune raison de le récupérer !

Higgins fit quelques pas, mains croisées derrière le dos.

— Il est vrai que vous vous êtes procuré un buste d'Auguste, que vous considérez comme authentique et à propos duquel vous préparez une publication. Un buste si précieux que vous l'enfermez à clé. Un buste qui aurait pu être l'arme du crime, avant d'être soigneusement nettoyé.

— Aucun rapport avec l'autre ! Si vous ne me croyez pas, je vais sortir ce bronze du tiroir de mon bureau et je le montrerai à Wards et à Plight qui ont eu le temps de contempler la copie !

— Inutile, trancha Higgins. Je sais que votre précieux bronze n'a pas servi à tuer le *proctor* Duke.

Adam Lamford se détendit et posa ses mains moites sur ses genoux.

— Enfin, mon innocence est reconnue !

— Matilda Wide a exagéré en vous traitant de « coureur de jupons », mais il y avait quand même anguille sous roche. Vous vous êtes trahi en vous rendant chez Mme Stow-Billow pour lui offrir votre bronze d'Auguste en gage de votre amour.

— Le délire continue !

— Et toi, Adam, dit la professeure de latin, tu continues à me trahir en ayant honte de moi. Vous avez raison, inspecteur, à un détail près : Lamford ne voulait pas m'offrir son trésor, mais seulement me le montrer pour me prouver qu'il était un chercheur-né et obtenir mon approbation à propos de ses hypothèses scientifiques. Comme j'ai été stupide ! Tout attestait que ce garçon ne songeait qu'à sa carrière et qu'il avait décidé de me manipuler. Avec une rare stupidité, j'ai cru à la noblesse et à l'authenticité de ses sentiments.

Affreusement gêné, Adam Lamford rentra de nouveau dans sa coquille.

Higgins consulta son carnet noir.

— Un autre petit détail m'intrigue. C'est vous, monsieur Lamford, qui avez averti Mme Stow-Billow de la présence de Scotland Yard à Oxford, afin qu'elle intervienne pour chasser la police de l'université. Pourquoi ne lui avez-vous pas dit qu'un crime avait été commis ?

— Parce que... parce que je ne savais pas, parce que j'avais oublié, parce que j'étais troublé. Je ne sais plus, moi !

— Ou bien parce que vous êtes l'assassin et qu'instinctivement vous vous êtes censuré vous-même ?

— Je suis innocent !

— Un innocent à l'alibi inexistant. À l'heure du crime, vous vous trouviez dans votre bureau, sans témoin.

— Un chercheur ne travaille pas avec des témoins, inspecteur ! C'est même fortement déconseillé, pour ne pas laisser des concurrents s'emparer de vos découvertes.

— N'aviez-vous pas un motif sérieux pour vous débarrasser de Thomas Duke ?

— Aucun, vraiment aucun ! Et vous ne pouvez pas prouver le contraire.

Higgins abandonna Adam Lamford et se dirigea vers Stephen Oseney, goguenard, assis sur les marches de l'amphithéâtre avec une parfaite décontraction.

— Vous intéresseriez-vous à mon cas, inspecteur ?

— Il est tout à fait passionnant.

— 40 —

Beau et athlétique, sûr de son charme, très à l'aise dans ce Sheldonian Theatre où il recevrait ses diplômes d'études supérieures avec un rien de dédain, Stephen Oseney soutint l'attaque de Higgins.

— Je ne voudrais pas vous vexer, inspecteur, mais vous n'avez encore rien prouvé. Le mystère reste entier.

— Vous nous aideriez peut-être à l'éclaircir.

— Vous me prêtez des pouvoirs que je ne possède pas.

— La modestie n'est pourtant pas votre fort, d'après les témoignages que j'ai recueillis.

— Les gens sont jaloux, inspecteur. Quand on possède la chance et les qualités que j'ai, on suscite forcément des critiques. Il faut s'y habituer. Sinon, on finirait par se culpabiliser et ce n'est pas mon genre.

— Vous avez la réputation d'être un étudiant brillant, à qui tout est facile, parce que vous êtes doué pour de multiples disciplines. Mme Stow-Billow estime que, malgré votre arrogance, vous abordez les lettres et les sciences avec le même succès, mais elle émet une réserve, fort importante à ses yeux : vous n'aimez pas Oxford. Pour vous, l'université, votre collège et cette vieille cité ne sont que des tremplins destinés à faciliter votre avenir.

— Mme la professeure de latin est lucide. Cette position n'a rien d'original. Nombre d'étudiants sont dans mon cas. La mystique d'Oxford, la vénération pour ses collèges et ses professeurs : c'est du passé. Aujourd'hui, chacun cherche à se faire une place au soleil, et tous les chemins sont bons. Oxford est l'un des meilleurs, c'est pourquoi je l'ai choisi. J'aurais pu aussi bien opter pour Cambridge.

Rosamund Stow-Billow haussa les épaules.

— Vous vous êtes bien querellé avec Nevil Wards ? interrogea Higgins.

— Mais oui, inspecteur, et je le reconnaîtrai cent fois s'il le faut ! Le petit espion Adam Lamford nous a vus, il en a été tout émoustillé. Deux étudiants qui se battent sous le pont des Soupirs de Hertford College, quel événement pour un spécialiste du règne d'Auguste ! Pourtant, il devrait avoir l'habitude des massacres, avec les légions romaines. Je ne regrette qu'une chose : ne pas avoir fracassé une bonne fois pour toutes la tête de Wards. J'aurais débarrassé la planète d'un sale bonhomme.

— C'est le motif de cette querelle qui m'intéresse, souligna Higgins.

— Une inimitié profonde et définitive.

— Pour quelle raison ?

— C'est ainsi.

— Réponse un peu faible.

— Je déteste ce type, c'est tout.

— Dans le domaine de la comédie et du mensonge, jugea Higgins, vous n'êtes pas brillant et vous avez encore beaucoup à apprendre si vous désirez devenir politicien.

Le sourire narquois de Stephen Oseney disparut.

— De quel mensonge m'accusez-vous ?

— Procédons par étapes, voulez-vous ? La tenue traditionnelle des étudiants comprend un complet sombre, une chemise blanche avec un nœud papillon blanc, une toge et une coiffe à fond carré et à gland. Celle des filles, un chemisier blanc, une cravate, une jupe sombre, des bas et des souliers noirs, une toge et un béret carré, mais sans gland. Or, dans votre chambre se trouvait une coiffe sans gland, qui appartenait donc à une étudiante. Est-ce bien exact ?

— Amusant... Continuez.

— Vous auriez dû mieux la cacher ou vous en débarrasser. Je suppose que vous la considériez comme une sorte de trophée prouvant votre capacité de séduction.

— Et quand bien même ?

— Parfois, les aventures amoureuses se terminent par ce qu'il est convenu d'appeler un « heureux événement ». En ce qui vous concerne, vous et votre maîtresse, cet événement a plutôt été considéré comme un désastre qui risquait de ruiner votre future carrière. Aussi avez-vous convaincu votre compagne de ne pas garder l'enfant.

— C'est insensé, c'est...

— Vous jouez mal les indignés, monsieur Oseney. Dans ce domaine-là aussi, il vous faudra suivre des cours. Nous avons étudié vos comptes en banque, et nous connaissons la clinique où devait avoir lieu l'avortement.

Le jeune homme perdit de sa superbe.

— Vous avez été chercher tout ça !

— Mais la jeune femme ne s'est pas présentée. Pourquoi, monsieur Oseney, et qui est-elle ?

— Ça ne vous regarde pas, inspecteur. Occupez-vous de l'assassinat du *proctor* Duke et oubliez ma vie privée.

— Je crains qu'il n'y ait entre eux un lien intéressant.

— Il n'y en a pas.

— Vous et Mlle Wide avez joué une comédie que vous espériez efficace. Matilda Wide vous a qualifié de « play-boy », de « milliardaire à qui tout doit réussir ». Et vous, vous l'avez traitée de petite bourgeoise vulgaire et sans cervelle. Face à de tels assauts d'agressivité, qui aurait pu soupçonner votre liaison ? Pourtant, elle seule explique la gravité de votre querelle avec Nevil Wards. Vous êtes tombé sur plus machiavélique que vous, monsieur Oseney. Je suis persuadé que Matilda Wide n'a jamais été enceinte et qu'elle vous a menti afin de vous plonger dans l'embarras. Une expertise médicale le démontrera.

— Inutile, intervint la jeune femme. Vous avez raison, inspecteur.

Décomposé, Oseney se leva et la regarda.

— Tu as osé, Matilda, tu as osé te jouer ainsi de moi !

— Je me suis beaucoup amusée, pauvre imbécile ! Le grand Stephen Oseney père de famille précoce, quel horrible scandale ! Au moins, je t'aurai appris à avoir peur et à souffrir.

— Tu es un monstre, Matilda !

— Calmez-vous, recommanda Higgins. Un futur dirigeant ne doit jamais se laisser aller.

Vexé, le jeune homme se rassit sur les marches.

— Mlle Wide a joué un jeu cruel en vous faisant tomber dans ses filets. Son ami de cœur, Nevil Wards, l'a appris et ne l'a pas supporté. C'est lui qui vous a agressé, et vous avez accrédité la thèse d'une inimitié foncière pour ne pas avoir à étaler votre défaite amoureuse et votre ridicule.

— Admettons, inspecteur. Après tout, je peux être beau joueur : pour une fois, j'ai été floué. Une bonne leçon d'humilité et un avertissement sans frais.

— Votre ennemi Nevil Wards pense que vous avez acheté des professeurs afin d'obtenir vos diplômes.

— Pourquoi courir un risque pareil ? Mes capacités de travail me suffisent largement.

— Supposons quand même que vous ayez tenté de corrompre vos examinateurs. Un seul homme pouvait se dresser sur votre chemin : le *proctor* Thomas Duke. Comme l'a précisé Matilda Wide, si M. Duke avait contrarié vos projets, vous n'auriez pas hésité à l'écarter.

— Accorderiez-vous le moindre crédit aux propos de cette simulatrice ?

— Votre emploi du temps est des plus bizarres, estima Higgins. Vous quittez Oxford au début du congé universitaire et vous y revenez le matin du crime. Pour ce moment crucial, vous n'avez aucun alibi.

— Je n'en ai pas besoin, inspecteur !

— Thomas Duke vous a reçu, monsieur Oseney. S'il était informé de vos diverses frasques, il avait plusieurs reproches sérieux à vous adresser. Des reproches qui risquaient de provoquer votre exclusion d'Oxford et de mettre un terme à vos ambitions.

— Je croyais avoir été clair ! Je n'avais aucune raison de détester Duke, bien au contraire ! C'est lui qui m'a remis sur le droit chemin.

— Et je devrais vous croire ?

Stephen Oseney se leva et fixa Higgins.

— Oui, parce que je suis sincère.

— 41 —

Higgins abandonna Stephen Oseney et, suivant la courbe des gradins, se dirigea vers le bulldog Michael Algar.

Le visage carré, les sourcils épais, le menton agressif, l'homme vêtu de noir était sur la défensive.

— Vous faites un métier ingrat, reconnut Higgins, mais la plupart des professeurs, comme Mme Stow-Billow, jugent votre travail indispensable.

— Elle a bien raison, inspecteur. S'il n'y avait plus de bulldogs à Oxford, que deviendrait l'université ? Au lieu de nous critiquer, on ferait mieux d'augmenter nos effectifs.

— Si un étudiant comme Nevil Wards ne conteste pas votre efficacité, il évoque pourtant votre mauvaise réputation. Est-il exact que vous ayez molesté des touristes ?

— J'ai dû en bousculer un ou deux qui se comportaient de manière incorrecte et que j'ai pris pour des étudiants. Des incidents sans gravité.

— Vous avez causé des ennuis à Stephen Oseney, n'est-ce pas ?

— Il ne faut rien exagérer, inspecteur ! J'ai fait mon travail, comme d'habitude. Pendant les premiers temps de son séjour à Oxford, M. Oseney était plutôt turbulent. Grâce à mes interventions, il s'est calmé, et tout est rentré dans l'ordre.

— N'êtes-vous pas jaloux de sa fortune ?

— Oxford est rempli d'étudiants aisés, et s'il me fallait être jaloux de chacun d'eux, la vie ne serait plus vivable. Nous, les bulldogs, on ne s'occupe pas de savoir qui est qui ou qui possède quoi. Pour nous, chaque étudiant est l'égal de l'autre et doit respecter le règlement.

Stephen Oseney ironisa.

— Superbe déclaration empreinte d'une émouvante morale classique, Algar ! Malheureusement, elle ne correspond pas à la réalité. Je vous ai quand même donné quelques livres sterling pour que vous vous taisiez.

— Vous m'avez accordé une modeste rétribution pour vous porter un paquet à la poste, une fois ou deux. Ce n'est pas dans mes attributions, j'en conviens, mais ce n'est quand même pas condamnable.

— La poste ! Il s'agissait plutôt de mes sorties nocturnes dans les bars. Enfin, je vous dois une fière chandelle, Algar. Être un homme compréhensif, ça rapporte.

— Vous n'êtes pas un personnage reluisant, monsieur Algar, estima Higgins. Vous trompez votre femme, vous avez pour maîtresse une étudiante et, d'après le témoignage de Stephen Oseney, vous pratiquez une sorte de racket. Le tableau est sombre. Le *proctor* Thomas Duke ne pouvait pas l'ignorer.

— Rien n'est parvenu à ses oreilles, affirma Michael Algar. Sinon, j'aurais eu des ennuis.

— Saviez-vous ce qui se tramait contre vous ?

— Oui, inspecteur, grâce à des indiscrétions.

— De quoi s'agissait-il ?

— D'une pétition que des enseignants devaient adresser à M. Duke. Ils hésitaient car ils n'étaient pas sûrs des accusations portées contre moi. Il y avait un meneur : Adam Lamford. En s'offrant ma tête, il pensait à sa promotion. Si j'avais dû tuer quelqu'un, ç'aurait été lui, et pas Thomas Duke. Lamford supprimé, sa maudite pétition ne serait jamais arrivée au *proctor*, et j'aurais conservé mon poste.

— Vous avez de la chance, Algar. L'absence de mémoire de votre jeune maîtresse confère à votre alibi une certaine crédibilité, en raison de sa fraîcheur.

Le bulldog poussa un soupir de soulagement lorsque l'ex-inspecteur-chef s'éloigna de lui pour s'intéresser à Matilda Wide qui, les bras croisés et le regard fier, semblait n'avoir rien à redouter de Scotland Yard.

— Vous avez une forte personnalité, mademoiselle. Interrompre des études à Oxford pour se lancer dans une discipline aussi difficile que l'athlétisme exige du courage et du caractère. Un garçon timide et sensible comme Giles Plight a peur de vous et vous juge trop critique avec autrui.

— Le petit Giles sera un excellent professeur, moralement impeccable, rigoureux dans sa discipline, exigeant avec ses élèves… et mortellement ennuyeux !

Si je fais peur à ce genre d'hommes, tant mieux ! Avec moi, ils n'ont aucune chance. Si le monde n'était peuplé que de Giles Plight, cela ne vaudrait pas la peine de vivre.

— Adam Lamford vous trouve désagréable et vulgaire.

Matilda Wide fut piquée au vif.

— Que valent les appréciations d'un lâche et d'un cloporte ? Je pense que vous en avez assez appris sur lui pour ne plus accorder le moindre intérêt à ce qu'il raconte.

— Nous connaissons la nature de vos relations tumultueuses avec Stephen Oseney, poursuivit Higgins. Reste donc Nevil Wards. Son ami Giles Plight ne lui voit que des qualités, dont une volonté extraordinaire. Il est persuadé qu'il finira par réussir dans ses études, à la force du poignet. Mais M. Plight est la bonté même et ne voit aucun défaut chez personne. Vous, en revanche, qui êtes si critique, dépeignez Nevil Wards comme un personnage moderne, chic, courageux. Un vrai mâle, en quelque sorte, qui vous donne toute satisfaction.

— Seriez-vous choqué ?

— L'éloge vous sied si mal, mademoiselle, que je suis un peu surpris.

— Désolée de troubler vos convictions, ironisa la jeune femme.

— Stephen Oseney ne partage pas votre avis. Pour lui, Nevil Wards est un étudiant médiocre, un « sale petit ambitieux » qui fait honte à Oxford.

— Cette baudruche de Stephen a cru qu'il pourrait m'arracher aux bras de Nevil, et a pitoyablement échoué. Vous comprendrez qu'il déverse des torrents de boue sur son vainqueur.

— Adam Lamford, le *don* de Nevil Wards, n'est pas plus élogieux à propos de son élève : mauvais latiniste, entêté, malpoli et ambitieux, quoique non dépourvu d'intelligence. Mme Stow-Billow, qui a l'habitude de juger les étudiants, est encore plus sévère : Wards est un *undergraduate,* un non-diplômé, de la pire espèce : paresseux, inorganisé et insolent. Bref, on peut considérer comme acquis que Nevil Wards ne parviendra pas à obtenir de diplômes d'études supérieures. Comme il est lucide, il le sait. Dans ces conditions, pour quelle raison reste-t-il à Oxford ?

La belle brune demeura muette.

— L'ignorez-vous vraiment, mademoiselle ?

— Nevil fait ce qu'il croit devoir faire.

— Nous connaissons l'heure approximative du crime : dix heures du matin, trois jours avant Christmas. Mme Stow-Billow était seule chez elle, à All Souls College. Stephen Oseney travaillait dans sa chambre de New College, Adam Lamford dans son bureau de Merton College, Giles Plight se promenait, tellement plongé dans sa méditation qu'il n'a vu personne. Aucun de ces suspects n'a un alibi sérieux pour l'heure du crime. Même celui de Michael Algar est sujet à caution.

Le bulldog se manifesta.

— Non, non, inspecteur, la petite a dit la vérité et...

Le regard noir de Scott Marlow dissuada Algar d'insister.

— Le seul alibi apparemment solide est celui que vous fournissez à Nevil Wards, dit Higgins à Matilda Wide. Or, vous êtes loin de soupçonner ses véritables activités et risquez d'être étonnée. Il est grand temps de cesser de mentir et d'avouer qu'à dix heures, le matin du crime, Nevil Wards ne se trouvait pas avec vous.

— 42 —

Le regard de Matilda Wide ne vacilla pas.

— Le matin du crime, Nevil était dans mon lit et nous faisions l'amour. À dix heures, il ne pouvait pas se trouver à Worcester College en train d'assassiner le *proctor* Thomas Duke. C'est ainsi, inspecteur, et vous ne pourrez jamais démontrer le contraire.

Quand il vit Higgins reprendre sa déambulation, mains croisées derrière le dos, Scott Marlow eut un moment de spleen. La jeune femme était des plus coriaces.

— Mme Stow-Billow et Stephen Oseney ont raison, reprit l'ex-inspecteur-chef. Vous vous accordez parfaitement avec Nevil Wards, et vous êtes très « accrochés » l'un à l'autre. Cela explique votre complicité. Il existe cependant une nuance que vous avez mal perçue, mademoiselle : selon les propres termes de Nevil Wards, vous n'êtes que sa maîtresse du moment, belle, mais stupide. De son point de vue, une relation avec une femme ne doit pas durer.

L'étudiant ne broncha pas.

Sa maîtresse ne lui adressa pas le moindre regard.

— Nevil a raconté ça pour vous égarer, inspecteur, et vous êtes tombé dans le panneau.

— Pourquoi M. Wards s'obstine-t-il à rester à Oxford ? poursuivit Higgins. La réponse à cette question nous a été fournie par l'étude de son compte en banque. Issu d'un milieu modeste, Nevil Wards est un garçon angoissé, qui veut se prouver qu'il vaut mieux que ce que l'on pense de lui. Avoir été admis à Oxford était déjà une victoire, mais il a vite déchanté. Repartir de l'université sans diplôme serait une humiliation. Alors, il a décidé de profiter des imprudences et des naïvetés de ses camarades. C'est pourquoi il a mis au point un discret système de racket et de petits « services » qui ne se résument pas, comme il l'a prétendu, à quelques travaux de bricolage.

— Vous vous trompez, objecta Matilda Wide. Si Nevil avait eu besoin d'argent, je lui en aurais donné.

— C'est vous qui vous trompez, mademoiselle, parce que vous avez mal discerné le véritable tempérament de Nevil Wards, un garçon vaniteux qui ne voulait pas dépendre de vous, surtout dans le domaine financier. Il a commis l'imprudence de verser le produit de son activité souterraine sur son compte en banque, afin de se former un petit pécule. Il ne pouvait développer ses affaires qu'en restant à Oxford, dont il commençait à bien connaître les coutumes.

— Je suis certaine que Nevil est trop astucieux pour avoir fait une telle bêtise !

— Quand un homme veut démontrer qu'il est quelqu'un, mademoiselle, il peut commettre des erreurs plus graves encore. Même si Nevil Wards ne s'était adonné qu'au travail au noir, ce délit aurait été condamné sévèrement par l'université d'Oxford.

— Vous n'allez pas l'accuser de crime pour si peu ! s'exclama la jeune athlète.

— Pour en arriver à cette conclusion, mademoiselle, il fallait démonter un mécanisme qui a provoqué un enchaînement de circonstances fatal au *proctor* Thomas Duke. Maintenez-vous votre version des faits concernant le matin du crime ?

— Je n'en varierai pas, affirma Matilda Wide d'une voix moins assurée.

— À mon sens, reprit Higgins, les activités coupables de Nevil Wards ne pouvaient pas passer complètement inaperçues. De Giles Plight, il n'avait rien à redouter, puisque son ami ne voit le mal nulle part. En revanche, un professionnel de la surveillance, comme un bulldog, lui aussi habitué à toucher de petites sommes occultes, ne manquerait pas de repérer le manège de Wards. Tel fut le cas, monsieur Algar, n'est-ce pas ?

Le bulldog se mit à ressembler au chien dont il portait le nom : compact, épais, lourd et menaçant.

— Vous avez menti, monsieur Algar, en prétendant ne pas connaître Nevil Wards. En réalité, vous l'avez suivi à la trace, passionné par son petit trafic. Et vous vous êtes posé une question simple : comment en profiter ?

Le bulldog bava, au point d'être obligé de sortir un mouchoir et de s'essuyer le menton.

— La confrontation avec Nevil Wards a dû être particulièrement rude, continua Higgins. Vous, menaçant, et lui, vindicatif. Wards n'est pas un être qui se laisse facilement impressionner. Il n'a pas nié ses activités douteuses, mais a mentionné les vôtres. Il a bien fallu trouver un terrain d'entente. Nevil Wards savait que vous aviez une maîtresse, de surcroît une étudiante dont le témoignage pouvait vous être fatal. Il vous a fait chanter, elle et vous. De votre côté, vous avez pris la précaution de dénoncer Wards au *proctor* Thomas Duke en lui révélant qu'il se comportait comme un bandit. Bien entendu, vous n'avez pas révélé à Nevil Wards que vous le trahissiez. Votre pari était simple : Wards n'était qu'un étudiant, vous un bulldog. Vous aviez donc beaucoup plus de chances de durer, surtout en vous blanchissant auprès de Duke. Sommes-nous bien d'accord, monsieur Algar ?

Le bulldog marmonna quelques mots incompréhensibles.

— Je vous recommande d'être plus clair, insista Higgins, afin d'échapper à l'accusation de complicité de meurtre.

— Moi comme les autres, on cherche à se débrouiller au mieux. L'existence n'est pas toujours facile.

— Soyons plus concrets, voulez-vous ? Vous avez bien adressé un rapport circonstancié à Thomas Duke à propos des agissements illicites de Nevil Wards, de manière à vous couvrir ?

— Je n'avais pas le choix, inspecteur. S'il quittait Oxford, Wards avait la possibilité de se reconvertir. Pour moi, ce n'était pas pareil. Je tiens à ma place.

— Par conséquent, quand Wards vous a fait chanter en menaçant de révéler à votre épouse l'existence de votre maîtresse, vous avez brutalement freiné son appétit en lui apprenant que Thomas Duke n'ignorait rien de son comportement.

— Le petit Wards était un peu trop gourmand, j'ai dû le ramener à la raison. Il a compris qu'il ne fallait pas aller trop loin. Qu'il prélève son dû sur ma petite blonde, d'accord. En revanche, mes propres versements devaient cesser.

Matilda Wide s'avança au milieu de l'amphithéâtre.

— Ce ne sont que des racontars, Nevil... Disculpe-toi une bonne fois pour toutes !

Nevil Wards demeura muet.

— 43 —

Constatant que Nevil Wards ne la regardait même pas, Matilda Wide, déçue, retourna près du superintendant Marlow.

— Ne perdons pas de vue l'endroit où le *proctor* Thomas Duke a été assassiné, recommanda Higgins : le logement de Worcester College où cohabitaient deux étudiants fort dissemblables, Nevil Wards et Giles Plight. Wards est suffisamment habile et retors pour avoir compris que Giles Plight est un garçon d'une rare droiture, donc facilement manipulable. Il serait son meilleur témoin de moralité, et ne prononcerait jamais un mot contre lui. Bien que Wards n'éprouvât aucun sentiment amical pour Plight, il a joué la comédie du parfait camarade, jusqu'à passer la période de congé universitaire en sa compagnie, chez les parents de Giles Plight. Or l'alibi de ce dernier, pour l'heure du crime, était inexistant, alors que celui de Nevil Wards était inattaquable. Autrement dit, Scotland Yard aurait dû penser que Giles Plight était vraiment un étudiant trop parfait pour ne pas avoir beaucoup de turpitudes à cacher et qu'il avait attiré le *proctor* Thomas Duke dans un guet-apens.

Nevil Wards ne répliqua pas, comme un boxeur acculé dans les cordes.

— Sur ce point, le raisonnement de Nevil Wards était un peu sommaire, et son trompe-l'œil grossier. Que s'est-il réellement passé trois jours avant Christmas, à dix heures ? Consentez-vous enfin à l'avouer, monsieur Wards ?

Les yeux noirs de l'étudiant paraissaient inanimés. Son visage ovale avait vieilli.

— Michael Algar, qui ne brille pas par sa finesse, vous avait averti qu'il venait d'informer Thomas Duke de vos agissements, déclara Higgins. Vous étiez donc en danger. Sans aucun doute, le *proctor* vous aurait condamné à une lourde amende et vous aurait obligé à quitter Oxford. Un double échec : l'arrêt brutal de vos études et la cessation non moins brutale de votre petit négoce. Vous teniez Algar et pouviez le faire taire, mais pas M. Duke. Une idée insensée vous a traversé l'esprit : vous débarrasser de Thomas Duke. Lui disparu, vous n'aviez plus rien à craindre. Comment attaquer cet homme irréprochable ? Avec votre méthode habituelle : le chantage. Vous lui avez téléphoné en lui annonçant que vous déteniez un dossier compromettant à son encontre. Impossible de le voir dans son bureau pour parler d'un sujet aussi brûlant ; en revanche, un entretien discret dans votre chambre de Worcester College n'attirerait pas l'attention. Intrigué et révolté, Thomas Duke a voulu en avoir le cœur net, il a accepté votre rendez-vous, trois jours avant Christmas, à dix heures. Ne subsistait qu'une crainte : que Duke ait parlé de votre dossier à quelqu'un. Aussi lui avez-vous demandé de prêter serment sur la Bible pour vous assurer que lui seul savait que vous rackettiez d'autres étudiants. Rassuré sur votre impunité, vous avez tué le *proctor* Thomas Duke en lui défonçant la nuque avec la statuette qu'Adam Lamford avait offerte à Worcester College. Vous laissiez ainsi à la police une piste intéressante. Du statut de petit maître-chanteur, Wards, vous êtes passé à celui d'assassin. Et vous avez agi avec une rare violence, avec une haine bestiale, afin de préserver vos chances d'obtenir un diplôme d'études supérieures tout en continuant à gagner de l'argent de manière illicite. Un crime sordide.

Matilda Wide sortit de sa réserve.

— Magnifique reconstitution, inspecteur. Quelle est la preuve de la culpabilité de Nevil ?

— Ne croyez-vous pas, cette fois, qu'il est temps de renoncer à mentir en fournissant un faux alibi à votre amant ?

— C'est du bluff, vous n'avez aucune preuve !

— Dernier avertissement, mademoiselle : ou vous avouez enfin que Nevil Wards ne se trouvait pas avec vous au moment du crime, ou vous serez inculpée de faux témoignage et de meurtre.

— Je maintiens que Nevil était dans mon lit.

« Higgins a échoué », pensa Scott Marlow.

— Tant pis pour vous, mademoiselle, dit Higgins. Nevil Wards a eu tort de négliger la présence du vieux gardien de Worcester College, Humphrey Holden, et de se laisser aller à un instinct de conquérant qui a trahi sa présence sur les lieux, à l'heure du crime.

— Trêve de discours, inspecteur. La preuve ! exigea la jeune femme, surexcitée.

— Nous avons supposé que les deux seuls coupables, en définitive, ne pouvaient être que Giles Plight et Nevil Wards, les occupants du logement où Thomas Duke a été assassiné.

— Vous remettez cet hypocrite de Plight sur la sellette, ironisa Matilda Wide.

— Seulement pour l'exposé de la théorie, mademoiselle, car Giles Plight n'avait aucun motif d'agresser le *proctor* Duke. Seul Nevil Wards peut être l'assassin. L'on aurait pu songer, néanmoins, à une complicité plus ou moins passive de Giles Plight, fidèle à son amitié. Tel ne fut pas le cas. La preuve irréfutable, ce sont les traces de pas de l'assassin dans la neige. Et pas à n'importe quel endroit : sur la pelouse de Worcester College. Or, mademoiselle, vous avez vous-même affirmé, avec raison, que Giles Plight est un étudiant qui respecte le règlement d'Oxford à la lettre. Ce règlement stipule qu'un *undergraduate*, un non-diplômé, ne doit en aucune occasion marcher sur les pelouses de son collège. Plight et Wards connaissaient parfaitement leur emplacement, même sous la neige, et jamais Giles Plight n'aurait enfreint un tel tabou. Nevil Wards, en revanche, n'a pas résisté à une telle tentation : après avoir commis son crime, après avoir défié la hiérarchie de cet Oxford qui ne reconnaissait pas ses qualités, il s'est offert le privilège d'un *graduate*, d'un diplômé, en se pavanant sur la pelouse de Worcester College. On imagine aisément sa joie morbide et son défoulement.

— Ce n'est qu'une hypothèse, protesta Matilda Wide.

— Non, mademoiselle. Je vous ai dit que Nevil Wards a considéré le vieux gardien comme quantité négligeable et qu'il a eu tort. Étonné par la présence de ces pas dans la neige qui n'allaient pas tarder à disparaître, Humphrey Holden a eu l'heureuse idée de prendre une photographie. À partir de ce document, le laboratoire de Scotland Yard n'a eu aucune peine à identifier de si magnifiques empreintes. Elles correspondent à la pointure et aux chaussures de Nevil Wards, qui a signé son crime de la manière la plus explicite.

La jeune femme se transforma en tigresse.

— L'imbécile ! Pourquoi en a-t-il trop fait, pourquoi n'a-t-il pas suivi mes instructions à la lettre ? Voilà tellement longtemps que je manipulais ce petit étudiant sans avenir, ce minable, pour en faire ma chose et me venger d'Oxford ! C'était si plaisant d'éliminer un Duke et de propulser un Wards ! Pauvre type, pauvre type, tu mérites que je t'étrangle !

L'élan de la sprinteuse surprit Scott Marlow, qui ne parvint pas à la retenir. Il fallut un subtil croche-pied de Higgins pour empêcher Matilda Wide, criminelle par procuration, d'étrangler sa marionnette.

— Épilogue —

Le vieux Humphrey Holden fit un signe de la main à Higgins et à Marlow qui avaient bu un café en sa compagnie avant de reprendre la route. Le gardien de Worcester College était heureux. L'affaire Thomas Duke resterait l'un des secrets d'Oxford, qui avait retrouvé le calme avant le retour des étudiants.

Près de la porte d'entrée, Holden aperçut un gros paquet.

Intrigué, il le soupesa.

Au moins cinq kilos.

Il ôta le papier d'emballage et découvrit une énorme boîte contenant le plus pur et le plus raffiné des arabicas.

Sur le bristol qui accompagnait le cadeau, quelques mots de la main de Higgins : « Avec les compliments de Scotland Yard. »

★

En pénétrant dans la librairie Blackwell's, le jeune Giles Plight était un peu morose. Il ne comprenait pas comment des sentiments comme la haine, la cruauté ou l'envie de tuer pouvaient s'emparer du cœur d'un être humain. Naïf il avait été, naïf il resterait, regrettant qu'un garçon comme Nevil Wards ait sombré dans l'abîme à cause d'une femme foncièrement mauvaise.

Il s'approcha du rayonnage où étaient soigneusement alignés les traités de métrique latine et en sortit celui qu'il préférait. Comme l'affirmait Sénèque, la lecture d'un bon livre était le seul remède efficace contre la mélancolie.

Un vendeur s'approcha de l'étudiant.

— Pardonnez-moi. Vous désirez acquérir ce livre ?

Giles Plight rougit.

— Je… Oui, mais je n'en ai pas les moyens.

— Puis-je me permettre de vous donner un paquet qui contient tous les traités de métrique latine ? Un monsieur élégant, à la fine moustache poivre et sel impeccablement lissée, les a achetés ce matin et nous a priés de vous les remettre afin de faciliter vos études. Avec nos compliments, monsieur.

*

Une sympathique pluie d'hiver, froide et durable, mouillait la route sur laquelle roulait la vieille Bentley du superintendant Marlow.

Ce dernier était content d'avoir déposé, avec l'aide de Higgins, une plainte salée pour violences familiales contre le bulldog Algar. Le divorce serait prononcé à ses torts, et il perdrait probablement la garde des enfants qu'il maltraitait.

— Mais enfin, Higgins ! Le vieux gardien de Worcester College n'a jamais pris de photographie de ces empreintes de pas.

— Vous avez constaté comme moi que Nevil Wards se murait dans son mutisme et que Matilda Wide le défendait sans la moindre concession.

— J'ai même cru que votre défaite était inévitable.

— Avec perspicacité et logique, superintendant, vous avez identifié l'assassin. Tant que son alibi tenait bon, en raison de l'opiniâtreté de sa maîtresse, impossible de l'arrêter. C'est pourquoi je suis allé chercher une preuve.

— Le résultat est là, Higgins, nous avons obtenu des aveux détaillés, et même l'arme du crime, le buste que Wards avait soigneusement caché et qu'il a accepté de nous remettre. Mais tout de même… un document imaginaire !

— Comment, imaginaire ! Cette photographie est parfaitement authentique. Ce sont mes pas dans la neige qui recouvrait la pelouse du collège de Cambridge où je suivais ma première année d'études comme *undergraduate*. Parfois, l'indiscipline peut être au service de la vérité.

ŒUVRES DE CHRISTIAN JACQ

Romans

L'Affaire Toutankhamon, Grasset (prix des Maisons de la Presse).
Barrage sur le Nil, Robert Laffont.
Champollion l'Égyptien, XO Éditions.
Le Dernier Rêve de Cléopâtre, XO Éditions.
Égypte, l'ultime espoir. La vie héroïque du grand prêtre Pétosiris, XO Éditions.
L'Empire du pape blanc (épuisé).
Les Enquêtes de Setna, XO Éditions :
 * *La Tombe maudite.*
 ** *Le Livre interdit.*
 *** *Le Voleur d'âmes.*
 **** *Le Duel des mages.*
Et l'Égypte s'éveilla, XO Éditions :
 * *La Guerre des clans.*
 ** *Le Feu du Scorpion.*
 *** *L'Œil du Faucon.*
La Femme d'or, XO Éditions.
Horemheb, le retour de la lumière, XO Éditions.
Imhotep, l'inventeur de l'éternité, XO Éditions.
J'ai construit la Grande Pyramide, XO Éditions.
Le Juge d'Égypte, Plon :
 * *La Pyramide assassinée.*
 ** *La Loi du désert.*
 *** *La Justice du vizir.*

La Création du Temple de Salomon, Ebook (uniquement).
Maître Hiram et le roi Salomon, XO Éditions.
La Mission secrète de Sinouhé l'Égyptien, XO Éditions.
Le Moine et le Vénérable, Robert Laffont.
Mozart, XO Éditions :
 * *Le Grand Magicien.*
 ** *Le Fils de la Lumière.*
 *** *Le Frère du Feu.*
 **** *L'Aimé d'Isis.*
Les Mystères d'Osiris, XO Éditions :
 * *L'Arbre de vie.*
 ** *La Conspiration du mal.*
 *** *Le Chemin du feu.*
 **** *Le Grand Secret.*
La Naissance d'Anubis ou le Crime suprême (nouvelle), J Éditions.
Néfertiti, l'Ombre du Soleil, XO Éditions.
Pharaon, mon royaume est de ce monde, XO Éditions.
Le Pharaon noir, Robert Laffont.
La Pierre de lumière, XO Éditions :
 * *Néfer le Silencieux.*
 ** *La Femme sage.*
 *** *Paneb l'Ardent.*
 **** *La Place de Vérité.*
Pour l'Amour de Philae, Grasset.
Le Procès de la momie, XO Éditions.
La Prodigieuse Aventure du Lama Dancing (épuisé).
Que la vie est douce à l'ombre des palmes (nouvelles), XO Éditions.
Ramsès, Robert Laffont :
 * *Le Fils de la Lumière.*
 ** *Le Temple des millions d'années.*
 *** *La Bataille de Kadesh.*
 **** *La Dame d'Abou Simbel.*
 ***** *Sous l'acacia d'Occident.*
Ramsès III, le dernier des géants, XO Éditions.
La Reine Liberté, XO Éditions :
 * *L'Empire des ténèbres.*

** *La Guerre des couronnes.*

*** *L'Épée flamboyante.*

La Reine Soleil, Julliard (prix Jean-d'Heurs du roman historique).

Sphinx, XO Éditions.

Toutânkhamon, l'ultime secret, XO Éditions.

Urgence absolue, XO Éditions.

La Vengeance des dieux, XO Éditions :

* *Chasse à l'homme.*

** *La Divine Adoratrice.*

Ouvrages pour la jeunesse

Contes et légendes du temps des pyramides, Nathan.

La Fiancée du Nil, Magnard (prix Saint-Affrique).

Les Pharaons racontés par..., Perrin.

Essais sur l'Égypte ancienne

Ces femmes qui ont fait l'Égypte, XO Éditions.

L'Égypte ancienne au jour le jour, Perrin.

L'Égypte des grands pharaons, Perrin (couronné par l'Académie française).

Les Égyptiennes, portraits de femmes de l'Égypte pharaonique (épuisé).

Les Grands Sages de l'Égypte ancienne, Perrin.

Initiation à l'Égypte ancienne, MdV Éditeur.

La Légende d'Isis et d'Osiris, ou la Victoire de l'amour sur la mort, MdV Éditeur.

Les Maximes de Ptah-Hotep. L'enseignement d'un sage du temps des pyramides, MdV Éditeur.

Le Monde magique de l'Égypte ancienne, XO Éditions.

Néfertiti et Akhénaton, le couple solaire, Perrin.

Paysages et paradis de l'autre monde selon l'Égypte ancienne, MdV Éditeur.

Le Petit Champollion illustré, Robert Laffont.

Pouvoir et sagesse selon l'Égypte ancienne, XO Éditions.

Préface à : *Champollion, grammaire égyptienne*, Actes Sud.

Préface et commentaires à : *Champollion, textes fondamentaux sur l'Égypte ancienne*, MdV Éditeur.

Rubriques « Archéologie égyptienne », dans le *Grand Dictionnaire encyclopédique*, Larousse.

Rubriques « L'Égypte pharaonique », dans le *Dictionnaire critique de l'ésotérisme*, Presses universitaires de France.

La Sagesse vivante de l'Égypte ancienne, Robert Laffont.

La Tradition primordiale de l'Égypte ancienne selon les Textes des Pyramides, Grasset.

La Vallée des Rois, histoire et découverte d'une demeure d'éternité, Perrin.

Le Voyage dans l'autre monde selon l'Égypte ancienne. Épreuves et métamorphoses du mort d'après les Textes des Pyramides et les Textes des Sarcophages (épuisé).

Voyage dans l'Égypte des pharaons, Perrin.

Autres essais

La Flûte enchantée de W.A. Mozart, traduction, présentation et commentaires de Ch. Jacq, MdV Éditeur.

La Franc-maçonnerie, histoire et initiation, Robert Laffont.

Le Livre des Deux Chemins, symbolique du Puy-en-Velay (épuisé).

Le Message initiatique des cathédrales, MdV Éditeur.

Saint-Bertrand-de-Comminges (épuisé).

Saint-Just-de-Valcabrère (épuisé).

Trois voyages initiatiques, XO Éditions :

* *La Confrérie des Sages du Nord.*

** *Le Message des constructeurs de cathédrales.*

*** *Le Voyage initiatique ou les Trente-Trois Degrés de la Sagesse.*

Albums illustrés

L'Égypte pharaonique, XO Éditions et E/P/A :

* *Un royaume de lumière.*

** *L'âge d'or des pyramides.*

L'Égypte vue du ciel (photographies de P. Plisson), XO Éditions et La Martinière.

Karnak et Louxor, Pygmalion.

Le Mystère des hiéroglyphes, la clé de l'Égypte ancienne, Favre.

La Vallée des Rois, images et mystères (épuisé).
Le Voyage aux pyramides (épuisé).
Le Voyage sur le Nil (épuisé).
Sur les pas de Champollion, l'Égypte des hiéroglyphes (épuisé).

Bandes dessinées

Les Mystères d'Osiris (scénario : Maryse, Jean-François Charles ; dessins : Benoît Roels), Glénat et XO Éditions :

** L'Arbre de vie (1).*
*** L'Arbre de vie (2).*
**** La Conspiration du mal (1).*
***** La Conspiration du mal (2).*

ON EN PARLE…

« Higgins travaille comme nous le faisons, dans la réflexion. Il écoute, il observe, il relève ce qui est anachronique et incohérent. Ensuite, il réfléchit, analyse et pose les bonnes questions. Depuis trente-trois ans au service de la gendarmerie et de l'IRCGN, c'est ainsi que je forme les enquêteurs et les techniciens qui travaillent avec moi. »

Capitaine THOMAS,
IRCGN.

★

« La recette de Christian Jacq est simple : une intrigue bien construite, des personnages attachants et une écriture alerte. Simple, efficace... On n'a jamais fait mieux ! »

Thierry NIOGRET,
France Bleu Béarn.

★

« Une tradition d'enquête policière où la résolution des crimes commis ne doit rien aux procédés technologiques modernes, mais tout à la sagacité d'un enquêteur, l'inspecteur Higgins, digne héritier des Poirot ou Holmes. »

Nicolas BLONDEAU,
Le Progrès.

★

« Il n'est pas exagéré de dire que le lecteur, littéralement absorbé, mène les investigations au côté de l'inspecteur Higgins. »

Noëlle de Sonis,
La Manche libre.

★

« Le livre est rythmé, l'enquête digne d'un roman d'Agatha Christie. La recette est classique, mais la magie opère toujours. Le lecteur est captivé jusqu'aux dernières pages. »

Franck Boitelle,
Paris-Normandie.

★

« Christian Jacq mène avec une redoutable efficacité et une délicieuse sophistication un récit bien sombre et bien cadencé. Le lecteur est bousculé par les contre-indices qui jaillissent à chaque page. Il se laisse baigner par l'atmosphère enveloppante du récit. Ambiance crépusculaire et frissons garantis jusqu'à la dernière ligne. »

Véronique Emmanuelli,
Corse-Matin.

★

« Higgins n'écoute que son bon sens et balaie d'un revers toute précipitation. Poirot et Maigret, ses illustres confrères, usent de la même sagesse. »

Vincent Roussot,
L'Yonne républicaine.

★

« Fidèle à son habitude, Higgins va devoir user de son sens de l'observation, de sa maîtrise de la conversation et de sa perspicacité pour faire toute la lumière. »

Lyliane Mosca,
L'Est-Éclair.

★

« Des polars à l'anglaise qui respectent à merveille les canons du genre, à commencer par les personnages, très typés… Des romans plaisants et distrayants, qui plus est bien écrits, pour passer le temps en avion, dans le train, ou en cachette au bureau derrière son Mac.

Depuis le paradis des romanciers, sainte Agatha Christie doit considérer avec plaisir la réussite de l'un de ses fidèles continuateurs. »

Philippe Le Claire,
L'Union-L'Ardennais.

★

« Le livre se déguste comme un bon Agatha Christie et on attend avec impatience de découvrir la suite des aventures de cet inspecteur de Scotland Yard qui tient autant d'Hercule Poirot que de l'inspecteur Columbo ! »

Florence Dalmas,
Le Dauphiné libéré.

★

« Un roman fidèle à l'atmosphère et aux retournements de situation, tels que les aime Christian Jacq. Et nous avec. »

Yves Durand,
Le Courrier de l'Ouest.

★

« Atmosphères troubles, énigmes *a priori* inextricables, personnages hauts en couleur, fausses pistes de tous côtés… Délectez-vous des enquêtes menées de main de maître par l'incomparable Higgins. »

Le Grand Livre du mois.

★

« Délicieusement désuet, mais très moderne en même temps, le héros de Christian Jacq est réellement postmoderne. Réjouissant ! […] On est enchanté du début à la fin. Avec une régularité métronomique, l'auteur livre ses gouleyantes enquêtes de l'inspecteur Higgins. Du grand art et une belle constance ! On en redemande. »

Bernard CATTANÉO,
Courrier français.

★

« Posé, poli, Higgins a tout du gentleman. Les personnages qu'il croise le sont sans doute moins. […] Tel un Sherlock Holmes ou un Hercule Poirot, il note tout. Le visible comme l'invisible n'ont pas de secret pour lui. On tente, de rencontre en rencontre, de deviner avec, voire avant lui, le fin mot de l'histoire mais Christian Jacq se joue de nous. Il nous faut, nous aussi, séparer le bon grain de l'ivraie, passer outre les apparences et les évidences. »

Sébastien DIEULLE,
La Semaine de l'Île-de-France.

★

« Le lecteur se perd en conjectures. Seul l'inspecteur, en relisant inlassablement ses notes prises dans son petit carnet noir, parvient à débrouiller l'écheveau. Encore une enquête qui se lit d'une traite. »

Olivier BACHELARD,
L'Union-L'Ardennais.

★

« Rares sont les séries policières affichant une telle longévité. »

Michel LITOUT,
L'Indépendant.

★

« Un style alerte, une intrigue palpitante ou encore des scènes irrésistibles : l'auteur possède un vrai talent. »

Pauline KERREN,
Journal de France.

Composition et mise en pages
Nord Compo à Villeneuve-d'Ascq

Achevé d'imprimer sur Roto-Page
par l'Imprimerie Floch à Mayenne
en octobre 2023

Dépôt légal : novembre 2023
N° d'édition : 5044/03 – N° d'impression : 103437

Imprimé en France